KB217825

앨리스네 집

앨리스네 집

황성희 시집

민음의 시 150

민음사

한 번도 본 적 없는 프랑스식 정원에 열광했던
나의 이십대에게

두고두고 꺼내볼 수 있는 위로 하나쯤은
허락해도 될 것 같았다.

그때, 낯선 시간의 속을 종횡무진하면서
때때로 우쭐했지만 대개는 두렵고 고독했다.

모든 것을 알고 있다고 생각했지만
막상 거울을 보면 말문이 막혔다.

가장 빛나는 순간을 관통하고 있었다는 걸
그때는 몰랐다.

사실은 알면서도 모른 척했다.
평범해지는 것이 죽기보다 싫었다.

2008년 11월

황성희

차례

앨리스네 집

일렁이는 수면 위로 밤하늘이 비친다
헤드라이트를 켠 자동차가 다가온다
놀란 그림자들이 몸 밖으로 뛰쳐나간다

물고기 한 마리가 도시락을 들고
종종걸음 칠 때의 풍경이다

집들은 눈을 감은 채 입을 굳게 다물고 있다

아무 질문도 하지 못한 지 수천 년
아무 대답도 듣지 못한 지 수천 년

헤엄을 치는 물고기는 자신이 물고기임을
의심치 않는다

회색의 뻣뻣한 전봇대를 끼고 돈다
교묘한 속임수처럼 전선이 뻗어 있다
수면 위로 어머니가 몸을 수그리신다
담벼락에 바짝 붙어 숨을 죽인다

비늘을 떼어 줄 테니 그만 물 밖으로 나오너라
놀란 물고기는 아가미를 벌렁거린다

아직 한 번도 가 본 적 없는 집은
오늘도 멀기만 한데

물고기는 매일 밤 집으로 돌아가고
시계 속에는 시계 바늘이 없다

불면증

너무 잠이 오지 않아서 내 다리를 풀어 보기로 했어. 새끼발톱을 잡고 쭉 당기니까 꼬불꼬불 살색 실이 오르르 풀려 나더니 발 하나가 순식간에 풀어지지 않겠어? 풀린 실을 돌돌 손에 감고 실뭉치를 만들다가 허벅지를 반쯤 남겨 두고 대바늘을 꺼냈어. 잠이 올 때까지 강아지를 떠 보기로 했지. 분홍색 혓바닥부터 말이야. 근데 아침에 일어나 보니 방바닥에 혀를 날름대는 푸들 머리만 덩그렇게 놓인 거 있지. 머리까지 뜨다 그만 잠들었나 봐. 잠깐, 풀려 나간 이 다리로 학교는 어떻게 갈 거냐고? 글쎄, 널 다 뜨고 남은 실이 있는지 어머니께 한번 여쭤 볼까? 이 다리를 다시 뜨게. 어머니는 어제 아버지를 풀어 밤새 널 떴거든. 그런데 매듭을 덜 지우셨나? 올이 풀린 속눈썹 하나가 바람에 자꾸 나풀거리네.

그냥 평범한 드라이브

강철로 된 새가 하늘을 난다
나는 차 문을 열고 단물이 빠진 시간을 뱉는다

당신과 나
우리는 드라이브 중이다

오늘을 마친 태양이 하늘 밖으로 흘러내린다

당신과 나
우리는 드라이브 중인데

우리는 아무도 운전하지 않고
우리는 둘 모두 운전을 하며

신원 미상의 고속도로를 규정 속도로 달린다

도로 가의 기린들이 하나 둘
백색 제 머리를 둥글게 부풀린다
새로 깐 시간의 알몸에서는 딸기 향이 난다

당신은 풍선 터지는 소리를 성가셔하지만
아무 일도 일어나지 않는 고속도로 위에서
어떤 일도 일어나는 고속도로 위에서

당신의 빈 몸을 타고 달리는 내가
나의 빈 몸을 타고 달리는 당신이

풍선이라도 불지 않으면
역사 퀴즈라도 주고받으란 말인가
이 드라이브의 기원 같은 뭐 그런

오, 제발
그냥 풍선이나 터뜨리시지

후레자식의 꿈

어머니가 죽었다. 참 잘 죽었다고 해 본다. 나보고 미쳤
냐고 한다. 어머니가 죽었다. 참 잘도 죽었다고 해 본다. 이
번에는 나의 뺨을 후려갈긴다. 어떤 어머니가 죽었는지도
모르면서 나 같은 후레자식과는 놀지 말라고 한다. 내가
그 어머니의 자식인지 아닌지도 모르면서 아예 상종을 말
라고 한다. 어머니가 죽었다의 죽었다는 지우개에 얼굴이
지워지는 봉변을 당한다. 그래 놓고는 어디서 단정한 돌아
가셨다 한 마리를 데려와 어머니가 옆에 세워 놓는다. 어머
니가 죽었다의 어머니가 지우개 가루를 질색하는 것도 모
르면서 어머니가 죽었다를 어머니가 돌아가셨다로 고쳐 놓
고 박수를 친다. 사라진 글자들의 비명은 알지도 못하면서
박수를 치다 말곤 큰일 날 뻔했다는 얼굴로 어머니가의 가
를 싹싹 지우고 께서로 고쳐 쓴다. 나는 지우개 가루를 온
몸에 묻힌 어머니께서 돌아가셨다를 물끄러미 내려다본다.
정말 잘 돌아가셨다고 해 본다. 이번에는 나를 자빠뜨리고
돌아가며 발길질을 한다. 어머니께서 왜 잘 돌아가셨는지,
왜 돌아가셔야만 하는지 물어본 적도 없으면서, 물어볼 것
도 아니면서, 이번에는 나를 발가벗기고 인두를 달군다. 그
래도 소용없다. 어머니께서는 잘 돌아가셨다. 이 어머니, 저

어머니, 그 어머니 등등 어머니들께서는 제발 잘 돌아가셨다. 제발 잘 돌아가셔야 한다.

　아, 살이 타는 이 냄새가 정말 꿈이 아니라면 인두를 들이대는 저 손이 정말이지 내 손이 아니라면 아, 얼마나 좋을까요? 제발 잘 돌아가신 어머니.

탤런트 C의 얼굴 변천사

사이렌이 울린다. 시계는 오전 10시를 막 넘어섰다. 탤런트 C는 성형수술 한 것이 틀림없다. 백색 화환 공손히 받쳐 든 의장대를 대통령과 영부인이 뒤따른다. 소복을 입고 가슴에 검은 명찰을 단 쪽 찐 여인의 얼굴도 얼핏 보인다. 나는 물론 그녀를 모른다. 탤런트 C는 턱을 깎았다.

사이렌이 울린다. 나는 묵념을 하지 않는다. 탤런트 C는 광대뼈도 깎았다. 남편은 내가 그녀를 질투한 나머지 괜한 트집을 잡는다고 하지만 나는 탤런트 C가 출연한 드라마를 데뷔작부터 모두 알고 있다. 그녀는 분명 변했다.

45년에 광복을 맞았는데 어떻게 48주년 현충일이라는 건지 한참을 생각했다. 그러다 현충일과 광복절을 혼동했음을 깨닫는다. 탤런트 C의 공백은 정확히 1년 2개월. 안면 윤곽술의 경우 회복 기간이 오래 걸린다더니. 오늘은 샌드위치 휴일. 부기는 거의 빠졌지만 그녀는 이미 예전의 그녀가 아니다.

아, 알려 줘야 하는데. 원래 어떻게 생겼었는지. 탤런트

C 말이다. 적어도 남편에게는 증명해야 하는데. 그녀를 시
샘해 괜히 지어낸 이야기가 아니라는 걸, 지금 중계되는 현
충일 기념식보다도 더 생생한 사실이란 걸, 탤런트 C의 얼
굴 변천사 말이다. 알려 줘야 하는데.

홍커우 공원의 고양이들

얼마 전 귀남이는 뒤꿈치가 부러졌다

오랜 시간 풍화되어 온 시간의 한 귀퉁이는
망설임 없이 개천 둔덕을 따라 굴렀다지

이대로 아무 제목 없이 죽으면 어쩌나
귀남이는 가슴 철렁했을까

하긴 개천 도로변에서 콩 좀 털다 죽었기로서니
부끄러울 건 또 뭐야?

요즘 같은 급식 시대
먹어 본 기억조차 까마득한 도시락을
너도나도 내던져야 폼 좀 난다는 거니?
그 투명한 이름 그제야 불러 주기라도 한다는 거니?

헨젤과 그레텔의 하얀 조약돌처럼
저마다의 목숨을 발밑에 흘리며 여기까지 왔지만
이 울창한 시간의 숲을 거슬러

다시 찾아갈 집은 정녕 있는 것일까

파랑새에 중독된 고양이들
고양이의 기원 따윈 꿈에도 생각 못하고
고양이 다음엔 무엇이 될지 꿈에도 생각 못하고

살아 있는 것만이 당연하다는 듯
느긋하게 하품이나 해 대는

꼬락서니들

자해 공감단편

—『그녀의 척릿 도전기』 중에서

    혼자 있어? 모노 트랙을 달리는 커튼. 여자는 깃대 높이 제 얼굴을 매단다. 아무도 알아보지 못할걸. 백색 프로펠러가 검은 그림자를 떨군다. 프룬 주스를 먹어야겠어. 스피커가 지직거린다. 소변은 몇 번 보셨죠? 간호사는 없어진 여자의 얼굴에 대해 묻지 않는다. 노란 약이 소화제일까? 지금은 그런 질문을 할 때가 아니야. 어차피 아무도 안 들을 텐데 무슨 상관이야. 그래도 편지에는 그렇게 쉬운 말을 쓰면 안 돼. 누가 읽고 싶어 하겠어. 도청 장치나 좀 달아 주시지. 아무나 햇빛 속으로 잡혀가는 건 아니야. 내 목을 좀 졸라 볼래? 운이 좋으면 누가 신고할지도 모르잖아. 그보다 먼저 눈물부터 연습해야 할걸. 난 숨바꼭질 싫어. 아무도 날 못 찾는 거 정말 싫어. 여자는 깃대에 매달린 얼굴을 지운다. 이거 말고 좀 더 역사 깊은 걸로 그려 줘. 누구한테든 단번에 들킬 수 있는 그런 거. 여자는 호출 벨을 누른다. 진통제 좀 주세요. 그냥 참아 보지 그래. 길이길이 남는 얼굴이 그렇게 소원이라면. 이거 맞고 나면 진짜 하나도 안 아픈가요? 간호사는 대답하지 않는다. 비명은 왜 질러, 아프지도 않다는데. 혹시 알아? 내가 아프다고 생각할지. 이 병실 앞을 누가 지나기라도 한다면 말이야.

변명

살다 보니 잊었다고 말할게. 이건 연애편지는 아니지만 살다 보니 잊었다고, 왜 살게 됐는지 따윈 잊었다고 말할게. 이건 연애편지는 아니지만 고백하는 걸 용서해. 살다 보니 살게 됐어. 나도 모르게 살아졌어. 아무도 모르게 살아 버렸어. 미안해.

왜 살게 됐냐고 묻는다면 글쎄, 대답할 수 없겠지. 이건 연필이고 저건 책상이지만 그건 대답할 수 없겠지. 제목도 없는 이따위 책에 왜 내 사진이 실려 있는지, 그 흔한 구토 한 번 없이 어떻게 매일 아침 식사를 끝낼 수 있는지, 대답할 수 없겠지. 저건 창문이고 지금은 저녁을 준비해야 하지만 언제부터 여기에 차렷! 하고 서 있었는지 묻는다면 나이트 샷 모드로는 대낮의 아기 얼굴을 촬영할 수 없다고, 이 책이 끝난 다음에는 어디로 갈 거냐고 묻는다면 콩나물국을 끓일 땐 뚜껑을 함부로 열어선 안 된다고, 그리고 이유를 묻는다면 하고 싶은 말이 하나도 없는 수다쟁이가 된 이유를 묻는다면, 라디오나 들으며 식탁 옆에서 야금야금 비역사적으로 풍화되는 용기는 도대체 어디에서 오느냐고 묻는다면 글쎄, 대답할 수 없겠지.

사실은 대답하기 싫겠지.

시체 놀이

여자는 베란다에서 시체를 손질하고 있다. 포장지에는 45년산 무덤에서 갓 직송된 것이라고 적혀 있다. 얼굴이 아주 싱싱하게 낡아 있다.

속을 말끔하게 파낸 45년을 세탁기에 넣고 돌린다. 여자는 적당하게 탈수된 45년의 낡은 얼굴에 백과사전에서 본 45년식 이목구비를 그려 넣은 뒤 45년 속으로 들어간다. 45년의 손가락에 손가락을 밀어 넣고 45년의 발가락에 발가락을 밀어 넣는다. 45년의 눈에 눈을 대고 초점을 맞춘 뒤 카메라 셔터를 누른다.

여자는 주민등록증에서 60년의 사진을 떼어 내고 45년의 사진을 새로 붙인다. 빨래 걸이에 널렸던 80년이 사실은 80년 속의 남편이 45년을 사실은 45년 속의 여자를 곤봉으로 때리기 시작한다. 45년의 온몸이 금세 피멍으로 지저분해진다. 또빨아야하잖아. 45년 속에서 여자는 킬킬거린다. 이번에는 45년이 과도를 들고 휘두르기 시작한다. 살가죽이 갈기갈기 째진 80년 속에서 남편이 킬킬거린다. 순찰을 돌던 경비원이 베란다를 그냥 지나간다. 유모차를 밀고 가던 할머니가 베란다를 그냥 지나간다. 헤드라이트를 비추며 다가온 트럭이 베란다를 그냥 지나간다.

편지온거없어? 45년 속에서 여자가 묻는다. 80년 속에서 남편이 절레절레 고개를 흔든다. 나어때?45년닮았지45년 이랑똑같지? 여자가 45년의 입에 입을 대고 소리를 지르며 깡충깡충 뛰어오른다. 80년 속에서 빠져나온 남편이 창고 속 잘 마른 72년 속으로 들어간다. 걱정마곧편지가올거야. 72년이 사실은 72년 속의 남편이 45년을 사실은 45년 속의 여자를 위로한다. 주소가없어도? 45년이 묻는다. 그래주소가없어도. 72년이 대답한다.

롤러 블레이드를 타고 다가온 아이가 베란다를 그냥 지나간다. 등을 낮추며 걸어온 고양이가 베란다를 그냥 지나간다. 아무도 여자를, 여자의 놀이를 아는 척하지 않는다.

술래잡기의 비밀

이건 여자가 아기에게 젖을 먹이고 있다로 시작하는 시야.
바퀴가 있어? 6개
불도 들어와? 그럼
높낮이는? 조절되지
등받이에는 love my baby
토끼는 아기의 볼에 키스하고
아기의 머리 옆으로 비스듬히 분홍색 하트

조심해, 이건 제품을 알아맞히는 퀴즈가 아니야
형광등은 금테 두른 둥근 전등갓을 쓰고 있어
남편은 오늘 돌아오지 않지

눈 감지 마
여자가 조르고 있는 건 아기의 목이 아니야
오렌지색 황소, 노란색 사자, 보라색 기린
밀림 속 또 한 마리에 대해선 아쉽지만 말하지 않겠어

속지 마, 이건 101동 803호의 안방 천장을
알아맞히는 퀴즈가 아니야

아까도 말했지만
이건 아무 데도 숨어 있지 않은 한 여자를
찾아내는 술래잡기야

1부터 12까지 둥글게 원을 그리고 서 있어
유리는 깨졌고 오래전부터 시간이 흘러내리고 있지

기억해, 이건 시간 속에서 익사한
아기의 배를 가르는 부검이 아니야
주의 사항은 여자가 아직
아무에게도 들키지 않았다는 것
이 텅텅 빈 문장 속에서조차 말이야

명심해, 이건 여자는 아무 데도 숨어 있지 않다로
시작하는 시야
굳이 클라이맥스를 찾자면
자신의 몸이 투명하다는 걸 여자가 모른다는 것 정도

난 스타를 원해

거울 속 늙어 가는 내 얼굴을
비명 없이 들여다본다

공포 영화를 두려워한 건
가능성에 대한 상상 때문이었지

빨간 휴지 줄까, 파란 휴지 줄까
똥통에서 불쑥 솟구쳐 오르는

내 얼굴의 바깥에 관한 상상

라디오에서 흘러나오는 아무 노래를
아무렇게나 따라 부른다

나 지금 여기 있다는 것을
이젠 정말 참을 수 있어

거실 벽 가족사진이야말로 코미디의 표본 같은 것
하물며 국사 책의 단군 영정 따위야 말해 무엇 할까

시작에 관한 공공연한 왜곡들
촌스럽기 짝이 없는

모든 눈물은 텔레비전 속에 있고
난 여전히 이름 없는 몸속에 갇혀 있는데
눈 밖으로 내다보이는 이 정원의 분명함

비명들은 한결같이 햇빛 속에 박제된 채
쉴 새 없이 조잘대는 입은 저 하고 싶은 말을 모르고

어머니에 대한 살의마저 없다면 견디기 힘들
이 낙천적 계절

(하지만 9시 뉴스에 나오려면 도대체 어떡해야 하는 거지?)

탤런트 C의 무명 탈출기

폐건전지 수거함은 103동 앞에 있지만 강아지가 쓰고 버린 저 건전지들은 어떻게 하나. 이제 남은 길은 환경론자가 되는 것뿐일까. 옛날은 너무 빨리 흘러가 버린 오늘인 것을. 어머니는 함부로 입을 놀리지 말라고 했지만 나는 종종 6.25를 사칭했다. 국 냄비에 덴 자리를 총상이라고 속여 지역신문의 인터뷰를 따 낸 적도 있다. 물론 그까짓 옛날이야기로 눈물을 구걸하는 등장인물의 진부함을 지적하는 진취적 성향의 모니터 요원들도 있겠지만 그래도 아직까진 먹어 주는 데가 있다. 데모는 북문동에서 딱 한 번. 첫째도 둘째도 셋째도 내 소원은 카메오였지만 그러나. 출석으로 인정받게 하겠다는 과 대표의 명연설이 기억에 남는다. 친구가 분신했다고 술을 마시며 울었을 때 거대한 선배는 홀랑 바지를 벗었지만 사실 그 친구는 내 친구가 아니었다. 무명 시절에는 쉽게 허락되는 일이 별로 없다. 그런 친구 하나조차도. 마음에는 걸려도 법에는 걸리지 않는 일들이 많지 않은가. 절대로 흥봐서는 안 되는 우두머리들의 전성기에는 특히. 간첩 찾기 훈련 때는 더욱 경건해졌다. 그것은 단순히 군복 불량이나 포상금만의 문제는 아니었다. 붉은 승냥이로부터 지켜 내야 할 이승복스러운 그

무엇. 사실은 붉은 승냥이들이 철수와 영희의 도토리를 훔쳐 가는 것이 맘에 들지 않았지만. 연필에 아무리 침을 묻혀도 뺄셈은 어려웠으니까. 그때는 집 밖을 의심할 필요도 시간도 없었다. 세 밤만 자면 기차를 타고 서울 이모네 집에 갈 수 있고 열 밤만 자면 대한극장에서 문주란 쇼를 하는데, 그 많은 오늘 밤은 과연 오겠는가 꼬치꼬치 캐묻는 철학자들이란 도대체. 평화로운 이분법 체제의 전복을 부추기는 다각형의 선동자들. 그러나 내가 아직 수갑을 차지 못한 이유가 무명의 힘이라면, 강아지가 쓰고 버린 저 건전지들. 남은 길은 정말 환경론자가 되는 것뿐이다.

캐스팅 디렉터편
—『그녀의 칙릿 도전기』 중에서

　감독님, 모르셨구나. 그는 이번 사회주의 연기에 어울리지 않아요. 눈 코 입 어느 하나 수정되지 않은 게 없어요. 정통성이라는 게 없는 얼굴이라고요. 그가 걸핏하면 분신하는 것처럼 보이는 이유는 옆구리에 항상 끼고 다니는 마르크스와 80년대를 전공한 스타일리스트 덕분이죠. 그가 사랑하는 건 불길의 명암이나 비명의 기울기 같은 미장센인데도 말이에요. 맨얼굴을 고집하는 건 그의 사실주의 연기를 기억하는 팬들을 위한 일종의 서비스 같은 것. 어렸을 때부터 그는 불장난의 명수였다고 해요. 그러나 활활 타오르는 구호의 모습에 감동하는 것도 잠시 불길을 보고 뛰어온 사람들이 자신을 손가락질하며 술렁대는 것을 더 즐겼다죠. 그가 능숙한 건 작품 분석과 인터뷰의 기술뿐. 시청자들이 그를 좋아하는 건 수집벽 때문이죠. 어느 책상 위에나 흑백의 사회주의 사진 한 장 정도는 있어 줘야 구색이 맞잖아요. 우표 수집 같은 거 안 해 보셨구나. 차라리 탤런트 C는 어때요? 그녀는 신고의 명수. 그게 누구든 무엇이든 시간을 낭비하는 것을 참지 못해요. 영화만 고집하지 않는 현실감. 얼굴에 새겨진 시간의 흔적에 의미를 부여할 줄 아는 어른스러움. 스타니슬랍스키에 능하고 어떤 얼굴도 자기 얼굴처럼 소화하는 게 강점이에요. 그것이 우리가 그녀의 얼굴을 각기 다르게 기억하는 이유죠. 그녀를 싫어하는 사람들 중에는 그녀가 지구 밖 시간의 프락치라고 주장하는 이들도 있는데 그들의 주장에 따르면 그녀의 목적은 지구 안의 시간을 감쪽같이 진행시키는 데 있다고 해요. 배우가 된 것도 그래서라는데. 그녀의 연기에 울고 웃다 언뜻 정신을 차려 보면 도끼 자루는 썩어 있고 아는 사람 하나 없이 살던 집은 온데간데없고 난 도대체 누구? 라는 뭐 그런. 그들의 논리대로라면 아무리 그럴듯한 그의 불장난도 그녀의 시간 속에서는 결국 그저 그런 한 조각 바람에 불과하다는 건데. 뭔지 모르게 살짝 기분은 나쁘지만 재미는 있지 않나요? 중요한 건 바로 그거죠. 지나간 이름을 고집하는 것만큼 지루한 일도 없어요. 탤런트 C가 천의 얼굴이 가능했던 이유를 생각해 보세요. 아무것도 아닌 것이 되기란 결코 쉽지 않아요.

네덜란드식 애국 소녀

　나에겐 우리 집이 곧 무너질 것이란 안 좋은 예감이 있어. 모두가 잠든 밤이면 더욱 또렷해지는 벽 울림. 날마다 조금씩 태어난 쪽을 향해 기울고 있는 옥상. 올라가 보면 움푹 팬 발자국들이 군데군데 찍혀 있지만 어머니는 식구들의 단결에만 관심이 있지. 매일 저녁 우리가 국기에 대한 맹세로 시작해 혈서로 끝나는 지루한 단결을 하는 동안 어머니는 그리스 로마 신화 밑에다가 악플을 달거나 옆집 베란다에 내다 걸린 붉은 담요를 119에 신고하거나 아니면 기억상실증에 걸린 아버지를 찾아가 아무 아파트의 경비라도 하는 것이 옛날 사진을 들추며 기억을 쫓는 것보다 훨씬 더 경제적이라는 의견을 피력하곤 하시지. 삼신할머니께 물 떠 놓고 빌어 봤자 전근대적 미신이라는 꼬리표를 뗄 수는 없을걸. 탤런트 시험을 본 건 그래서야. 이 얼굴로 말해 봤자 누가 믿어 줬을까. 그러니 잠자코 기다려 봐. 내 얼굴부터 멋지게 팔아 치운 다음에 그래서 유명해지면 토크쇼 같은 데서 제대로 터뜨릴 거야. 그때까진 이 시간의 둑에서 팔을 빼내선 안 되겠지. 정체불명의 발소리에 화들짝 놀라는 동생들의 가슴을 다독이며 내일은동물원에가자 달콤하게 속삭여 주는 센스. 어머니는 형제들을 선동하지 말라고 하시지만 거미줄처럼 치밀하고 정교하게 번져 가는 거실 벽의 균열. 머리를 삭발하고 이틀을 굶었지만 어머니께 중요한 건 오로지 집안에서의 자주평화단결. 하지만 두고 봐. 내 연기에 질질 오줌 싸는 그날은 꼭 올걸. 텔레비전에는 안 나오는 집 밖이 궁금해지는 그날은 꼭. 유난히도 팔이 저려 오는 밤에는 인터뷰를 연습해. 죽은 뱀의 입속에서 흘러나오는 낮고 끈끈한 일렉트로닉 자장가. 알 수 없는 말을 지껄여 주는 건 신비주의의 완전 기본. 그러니 제발 좀. 우리 집을 구할 내가 준비된 스타라는 걸 제발 좀.

검은 바지의 전설

오빠는 왜 아무 무늬 없는 72년산 검은 바지에 대한 미련을 버리지 못하는 걸까. 재활용 센터의 헌 옷 수거함에서도 그 바지는 받아 주지 않았다. 아버지의 42년산 투 버튼 재킷도 어머니의 60년산 체크 바바리도 쓸모없긴 마찬가지였다.

그냥 버리기엔 저마다 역사 깊은 사연이 숨었다는 그 옷들을 그러나 유행이 지난 것만은 틀림없는 그 옷들을 우리는 고민 끝에 리폼하기로 했다. 본래의 디자인은 각자의 가슴속에 영원히 간직하기로 약속하고.

리폼을 전문으로 하는 수선점은 대대로 많았고 디자인에 관한 아무런 갈등도 우리는 하지 않았다. 그것이 최신 유행이기만 하다면.

이젠 누구도 오빠의 72년산 검은 바지를 알아보지 못한다. 이젠 누구도 아버지의 42년산 투 버튼 재킷을 어머니의 60년산 체크 바바리를 눈치채지 못한다. 오빠조차도 자신의 바지 속에 누벼진 72년산 검은 바지의 형상을 찾아내지 못한다. 그것들은 누가 봐도 최신 유행의 오늘이었다.

그러나 가슴속 옛 약속만은 기억하고 있어서 우리는 각자 72년산 검은 바지의, 42년산 투 버튼 재킷의, 60년산 체크 바바리의 디자인을 생생하다는 듯 생생해서 미치겠다는 듯 매일 밤 조잘댄다.

덕분에 날마다 새롭게 태어나야 하는 전설 따위는 모른 척한 채 우리가 아직 약속을 잊지 않았다는 것만이 중요하다는 듯 밤마다 밤마다.

전도사 金

　그는 자신을 김구라고 소개했다. 물론 난 그 이름을 믿
지 않았다. 웨이터냐고 물었더니 전도사라고 했다. 언제부
터 그리스도를 믿었냐고 묻자 기억하고 싶지 않다고 했다.
피가 점점 묽어진 때문이라고 했다가 피가 점점 소용없어
진 때문이라고도 했다. 아무것도 신지 않은 그의 맨발을
내려다본다. 그의 전도는 그의 이름처럼 난데없다. 한민족
을 대체할 수 있는 공동체 개념을 물어보기에 모른다고 하
기 싫어 불교 신자라고 했더니 그는 뒷방에들 처박아 놓은
태극기의 재활용 방안을 연구 중이라고 했다. 아무 교회
십자가나 하나 달아 놓으면 아마도 발길 딱 끊을 거라는
위층의 충고가 생각났다. 지난 광복절 때 있었던 만세 이벤
트를 보고 참 많이 울었다는 그는 정말슬펐던건만세를모르
는만세들의만세흉내였죠 라며 상품권이 든 봉투를 내민다.
일년만믿어주세요. 곧 다가올 추석 생각을 했다. 일년만믿
으면되나요? 난 봉투를 받아 쥔다. 새벽에 하는 독립운동
에 참가하면 일주일에 두 번 원하는 요일에 우유를 넣어
준다고 했지만 아침잠이많아서요 딱 잘라 거절한다. 그는
새벽마다 태극기를 흔들며 뛰어다니는 것이 부쩍 힘에 부
친다고 했다. 게다가 젊은 신도들은 눈물을 흘려야 할 타

이밍을 번번이 놓쳐 부아를 돋운다고 했다. 전자레인지 알림 벨이 울린다. 찬밥을 데우던 중이었다. 그는 다음에 오면 커피 한 잔 얻어 마실 수 있냐고 묻는다. 나는 새벽 운동도 좋지만 너무 무리하면 오히려 몸에 해롭다고 말해 준다. 상품권에 대한 답례 치고는 지나친 아양이다 싶었지만 그는 얼굴 가득 환한 미소를 띤 채 꼭 다시 들리겠다고 한다. 나는 눈을 맞추지 않은 채 목례를 한다. 아무 교회 십자가나 하나 달아 놓으면 그만이다. 계단을 내려가다 말고 돌아선 그가 뭐라고 한마디 했는데 복도를 가냘프게 울리던 말소리는 순식간에 사라졌기 때문에 나는 상품권의 사용 기한을 서둘러 확인할 수밖에 없었다.

아무것도 기억하지 못하는 여자

 아무것도 기억하지 못하는 여자가 1942년 아버지의 염색약을 산다. 아무것도 기억하지 못하는 여자가 1960년 어머니의 목도리를 뜨개질한다. 아무것도 기억하지 못하는 여자가 1945년 남편을 배웅한다. 아무것도 기억하지 못하는 여자가 1919년 딸아이의 일기장을 훔쳐보며 키득거린다. 아무것도 기억하지 못하는 여자가 1953년 무덤 옆에서 남편과 한 번 더 한다.

 아무것도 기억하지 못하는 여자가 1910년 어머니가 불러주는 옛날이야기를 공책에 받아쓴다. 아무것도 기억하지 못하는 여자가 1392년 미안깜빡했어 손으로 입을 가리며 볼을 붉힌다. 아무것도 기억하지 못하는 여자가 1894년 언니의 공책을 물려받는다. 아무것도 기억하지 못하는 여자가 2000년 옛날에는말이야 라고 회상한다. 아무것도 기억하지 못하는 여자가 1972년 아무것도 아닌 채로 또 태어난다.

 아무것도 기억하지 못하는 여자가 2333년 딸들로부터 물려받은 공책으로 성벽을 쌓는다. 아무것도 기억하지 못하는 여자가 1443년 바람이몹시분다 라고 시작하는 일기를 쓴다. 아무것도 기억하지 못하는 여자가 1980년 자궁외임신을 한다. 아무것도 기억하지 못하는 여자가 1990년 내일

만나 라고 한다. 아무것도 기억하지 못하는 여자가 0000년 재미 삼아 시작한 성벽의 역사 외우기에 성공한다.

이제 모든 것을 기억하는 사실은 외우는 여자는 1972년 자신이 기억하는 모든 역사가 자신이 외운 모든 공책이라는 것만 기억하지 못한다. 이제 모든 것을 기억하는 사실은 외우는 여자는 2000년 자신이 시간의 벌집 속을 이미 스쳐간 한 줌 바람이라는 것만 기억하지 사실은 외우지 못한다.

가장행렬

저기 좀 봐요. 그 여자가 아파요
발목 잘린 다리들이 빨랫줄에 널려 있어요
창틀에는 빗물 고인 두 발이 햇볕을 쬐고 있고요
양팔을 늘어뜨린 몸통은 베란다 난간에 걸쳐 있고요
속을 파낸 머리는 선인장 화분에 꽂혀 있어요

틀림없죠? 그 여자가 아파요
온몸을 토막 내고도 견디지 못한 그 여자는
한 손에 얼굴을 움켜쥔 채
베란다 밖 허공으로 뛰쳐나갔다고요

딴 뜻은 없어요 난 그저 안 아프니까
그 여자의 잘 마른 몸통들을 꿰매고 있을 뿐이에요

이런, 발목이 조금 울지 않나요?
너무 촘촘해, 시간을 좀 풀어내야겠어요

딴 뜻은 없어요 난 절대로 안 아프니까

텅 빈 그 여자의 얼굴에 찡그린 내 얼굴을
그려 넣을 뿐이에요
어때요, 이만하면 제법 아파 보이나요

딴 뜻은 없어요 어쨌든 난 안 아프니까
가끔 그 여자의 알몸을 뒤집어쓰고 시장을 볼 뿐이에요
그 여자의 꿰맨 자국을 다들 얼마나 신기해한다고요
그럼 난 무척 아팠다고 이야기해요
언제 왜 얼마나 아팠는지 지어내다 보면
백 년 정도는 금방 흘러가 버리죠

딴 뜻은 없어요 어차피 난 안 아프니까
밤마다 그 여자의 몸을 조각조각 뜯어냈다가
새로운 문양으로 바느질할 뿐이에요
백 년 정도는 단숨에 흘려보낼
그럴듯한 상처가 내게는 필요하고
시장 사람들은 무엇에든 빨리 싫증을 내니까요

딴 뜻은 없어요 난 무조건 안 아프니까

자막 없음

창문 앞으로 헤드라이트를 비추며 트럭이 멈춰 선다
트럭에서 내린 알몸의 사람들이 창문 앞으로 모여든다

나는 딸꾹질을 한다
뭘그렇게급히먹었니?
어머니께서 등뼈를 주물러 주신다

나는 바늘을 꺼내 엄지손가락을 딴다
시간 속에서 시간 속으로
피 한 방울 배어 나온다

저것봐아무무늬도새겨지지않은몸이다
허공을 딛고 선 알몸의 사람들이 낮게 수군거린다

나는 텔레비전을 올려다본다
딸꾹질이 멈추지 않는다
엄지손가락에서는 계속 피가 새어 나온다

먹기싫으면억지로먹지않아도된다

어머니께서 딸꾹질하는 내 심장을 꾹꾹 누른다

허공을 딛고 선 알몸의 사람들이 트럭에 오른다
아무도 뒤돌아보지 않는다

유행 지난 그들의 문신 따위
부러울 줄 안다면

텔레비전이 천천히 흉터 없는 피로 차오른다
한 줌 소문도 안 되는 내 몸이 발끝부터
딸꾹딸꾹 비워진다

뉴스에서는 누구의 사망 기사도 나오지 않는다
우편함에는 아직 한 통의 편지도 배달된 적 없다

나와 영희와 옛날이야기의 작가

영희. 죽었어. 90년에. 불에 타 죽었어. 전화 왔었어. 며칠 전. 민주 광장에서. 거기 영희네 집이죠? 알아듣지 못했어. 알잖아. 영희는 입이 다 탔어. 난 상인동에서 전화받았어. 2000년에. 그런 사람 없어요. 알잖아. 영희는 죽었어. 80년에. 눈을 못 뜨겠어. 이렇게 쓰지 마. 눈에 뭐가 들어갔나 봐. 아무도 못 알아보겠어. 벽에 걸린 세계 전도를 쳐다봐. 안 보여. 아무것도 안 보여. 벽에 걸린 세계를 오래오래 쳐다봐. 난 영희를 몰라요. 그럼 눈물이 나와. 그런 사람 없어요.

이렇게 말고 좀 더 재미있게 써 봐. 61년에. 45년 옛날에. 영희는 죽었어. 호랑이가 피다 버린 담뱃불에. 구호는 검은 연기를 내며 불타올랐어. 그런 사람 여기 없어요. 자꾸 전화가 와. 영희는 벌써 많이 죽었어. 눈물이 안 나와. 난 그렇게 많이 죽는 영희가 안 부러웠어. 눈을 깜빡이면 안 돼. 벽에 걸린 세계를 오래오래 쳐다봐. 그래야 눈물이 나온다니까. 하지만 그렇게 많이 죽고도 아직도 텔레비전에 나오는 영희는 너무 부러웠어. 그런 사람 없어요. 계속 없을 거예요.

사실은 나 옛날에 죽은 영희를 몰라. 50년부터 아는 척해 왔어. 모른다고 말하면 또 이사 가야 할 것 같아서. 19년에. 법상동 사거리에서 만세를 흉내 내다 다리를 삐었어. 웃지 마. 영희를 안다고 하는 게 유행이었어. 알잖아. 아무나 교과서에 실리는 건 아니야. 그런 눈으로 보지 마. 어제 영희 무덤을 찾아간 사람들. 봤잖아. 물어봐. 다들 자기가 영희랑 제일 친한 친구라고 해. 불타는 구호는 너무 늙었다고 수군대면서도 다들 영희 찾는 전화가 자기한테만 온다고 해.

그러니까 제발 한 줄만 써 줘. 영희는 내 친구라고. 네 옛날이야기에. 영희 찾는 전화는 절대 밤마다 내가 나한테 거는 전화가 아니라고. 그런 사람 여기 없다는 건 절대 밤마다 내가 나한테 하는 독백이 아니라고. 한 줄만 써 줘. 편지는 매일 다른 집으로만 가잖아. 어떤 우체부도 무시 못하는 주소를 가지고 싶어. 눈물은 아직 안 나와. 사실은 19년 전부터. 정말은 19년의 얼굴도 책에서 보고 외운 게 전부지만. 참, 이 마지막 세 줄은 네 옛날이야기에서 빼 줘야한다. 알았지?

투명한 정원

여자는 정원이 넓은 집을 가지고 있다
여자는 아직 한 번도 아픈 적이 없다
잠이 오지 않는 밤이면 여자는
환자복 입은 자신을 상상한다
그것은 여자의 고상한 취미 같은 것이다

여자는 정원이 넓은 집을 가지고 있다
저것은 p.72에 나온 19년식 무덤이다
이것은 p.20에 나온 45년식 무덤이다
여자는 백과사전 속 무덤들을 모작(模作)한다
그것은 여자의 고상한 취미 같은 것이다

여자는 정원이 넓은 집을 가지고 있다
88년에는 독감이 유행이었다
50년에는 눈병이 돌았다
여자는 한 통의 편지도 받지 못했다

여자는 정원이 넓은 집을 가지고 있다
며칠 전에는 손톱을 뽑아 씨앗 대신 심었다

여자는 자신의 몸을 파종하는 일에 익숙하다
그것은 여자의 고상한 취미 같은 것이다

볕이 좋은 날이면 여자는 알몸으로 담장에 걸터앉아
거름으로 쓸 젖가슴의 껍질을 깎아 나갔다
아무도 여자를 아는 척하지 않았다

여자는 정원이 넓은 집을 가지고 있다
어제는 모른 척 집 앞을 지나치는
아이를 붙잡아 목을 졸랐다
벌써 몇십 년째 아이들은 그 흔한
벨 장난 한 번 치지 않는다

자신의 주소가 투명하다는 것을 알고 있지만
한 번쯤은 도망치는 아이들의 뒤를 쫓아
힘껏 달리고 싶었다

물론 그것은 여자의 고상한
취미 같은 것이 되어야 하겠지만

귀남이가 안 나오는 귀남이 이야기

귀남이 아직 안 죽었어? 그래 35년산 귀남이. 아직 살았
어? 19살에 계모가 들어왔다는, 내 어머니라고도 했다가
내 딸이라고도 했다가 자기는 귀남이 아니라고도 하는 그
귀남이.

그런데 귀남이 다쳤어. 35년에. 넓적다리를 데었어. 메밀
묵을 만들다가. 35년에. 겨우 메밀묵 따위를 만들다가. 아
직 안 나았어. 넓적다리에서는 지금도 계속 진물이 흘러.
이제 곧 새살이 돋을 거래. 35년에도 그랬어. 이제 곧 새살
이 돋을 거라고. 하지만 귀남이 계모한테는 거짓말 쳤어.
50년에 총에 맞은 거라고. 사실대로 말하면 창피하다고. 아
버지한테는 이랬어. 태어날 때부터 원래 썩어 가던 다리였
다고. 사실대로 말하면 종아리 맞을까 봐. 마을 회관 가서
는 80년에 칼에 찔린 거라고 했어. 사실대로 말하면 비웃
을까 봐.

귀남이 원래 거짓말 잘했어. 사실은 35년산도 아닐지 몰
라. 사실은 아직 태어나지 않은 건지도 몰라. 어쩌면 이미
옛날에 죽어 버린 건지도 몰라. 그래도 귀남이 거짓말은 재
미있어. 어제는 옛날이야기를 해 주겠다며 내 할머니인 척
을 해. 귀남이 넓적다리에서는 아직도 진물이 흘러. 35년.

메밀묵을 만들다 끓는 물에 데인 다리.

오늘은 귀남이가 나더러 어머니라며 내 넓적다리 이야기를 해 달라고 해. 총 맞은 다리 이야기. 원래부터 썩어 가던 다리 이야기. 칼에 찔린 다리 이야기. 귀남이한테 들은 귀남이 이야기를 귀남이한테 고대로 해 주었더니 어찌나 킬킬대던지.

귀남이는 자기가 내 옛날이야기의 그 귀남인지도 모르고 말이야. 귀남이는 내가 제 옛날이야기의 그 귀남인지도 모르고 말이야. 귀남이는 귀남이 이야기 속에 귀남이가 원래 안 나오는지도 모르고 말이야. 귀남이는 귀남이 이야기 따위 누가 지어낸지도 모르고 말이야.

귀신 학교

오늘도 잘 놀았어?

44년이 72년에게 묻는다. 있잖아, 오늘 교련 시간에 88년이 코피 질질 흘리면서 굴렁쇠 시범을 보여서 기립 박수를 받았어. 44년이 고개를 갸웃한다. 걔는 벌써 죽지 않았니? 아니야, 오늘 또 전학 왔어. 매일 전학 와. 이상하다. 화장장까지 따라가서 찬송하고 왔는데. 엄마 나 어때? 대한 독립 만쉐! 만쉐! 내일 학예회거든. 만쉐! 만쉐! 그럼 이걸 더 묻혀야지. 44년이 72년의 얼굴에 태극기로 피를 칠한다. 72년이 냅다 44년의 따귀를 올려붙인다. 엄마는 내가 공산당 싫어하는 거 알면서. 예수님한테 몽땅 이를 거야. 근데 엄마, 50년짜리 이 얼굴 도저히 못쓰겠어. 너무 가벼워서 콧바람에도 자꾸 날아가. 44년이 72년에게 냅다 국사책을 집어 던진다. 그러게 아무 시간이나 더 처먹으랬지. 그 따위 상처 하나 없는 알몸으로 어떻게 시집을 가겠다고. 엄마, 잠깐. 조금 있으면 보물찾기야. 간첩이라고 쓰인 거 있지? 그게 일등이래. 그런데 한민족이라면서 선생님은 왜 밤낮 너희를 두드려 패니? 엄마가 몰라서 그래. 죽은 애들이 얼마나 떠든다고. 시키지도 않은 반장질은 도맡아 하면서 선생님만 안 계셨다 하면 서로 다시 태어나겠다고 난리도 아니야. 44년이 안경을 낀다. 저기 무릎 꿇고 손든 애는 누구냐? 우리의 소원은 통일인가 뭔가 하는 노래 있잖아. 가사를 아직 못 외웠나 봐. 72년이 거울 앞에서 갑자기 멈춘다. 엄마, 여기 좀 봐. 내 얼굴이 안 보여. 44년이 72년의 입을 콱 틀어막는다. 그런 하나 마나 한 얘기는 귓속말로 해야지. 그럼 엄마, 이제부터 계속 귓속말? 그래, 계속 귓속말. 우리 말이야, 엄마. 이 지겨운 교실을 어떻게 빠져나가지? 넌 아직도 사춘기니? 별게 다 궁금하네. 걱정 마, 여기다 몸을 버리고 가면 되니까. 정말? 근데 엄마, 우리가 없어진 걸 도대체 누가 아실까? 알아주실까?

신기한 목격담

고양이의 화난 얼굴을 마룻바닥에 묻는다
여자는 알레르기가 심했던 것이다

벨 소리가 울린다
대문 밖은 조용하다

벨 소리가 울린다
아무도 찾아오지 않았다

벨 소리가 울린다
여기가 투명한 집이라는 걸 모르시는 걸까

(보이지 않는 벨을 누르는 손가락이라니)
(이건 정말 비문법적 상황이거든요)

여자는 아직 한 번도
자신의 얼굴을 본 적 없다는 걸
(여자는 밤마다 자기 얼굴을 상상하다 잠이 든답니다)
벨 소리가 울린다는 정녕 모르시는 걸까

하긴 누구라도 한 번은 찾아왔어야
이런 투명한 비밀도 도청될 기회를 얻는 건데

(아무나 잡혀갈 순 없는 거겠죠)
(시대의 체면이라는 게 있는데)

그렇지만 아무것도 비추지 않는 거울에다 대고
저렇듯 물걸레질을 하는 여자라니

거울과 자화상 그리고 거대한 뿌리*

거울은 보지 마

우물 속 자화상이 싫어 돌아간 사나이
돌아가다 돌아가다 돌아온 사나이
돌아오다 돌아오다 돌아간 사나이처럼

거울 속 얼굴에 미련을 가지지 마

아버지는 밤마다 어머니의 가랑이를 뒤지고
아가는 밤마다 어머니의 젖가슴을 뒤지지만

거기엔 아무것도 없단다
식민지풍 거울도 근대식 자화상도

무책임한 어머니들은 대대로
누구 얼굴도 진심으로 비춰 준 적 없는걸

* 이상, 윤동주, 김수영 시의 제목.

안녕하세요? 대신에 도대체 누구세요?
우리의 Good morning은 그러해야 하지 않을지

거울 속의 내가 왼손잡이든 아니든
관심들이 없거나 아예 모르시거나

이게 바로 나야
단체 사진에서 제 얼굴을 찾아내는 것이 왜 코미디인지
선생님은 제발 아실까

앞가슴의 흰 명찰을 앞 다퉈 염색하는 시간
그는 오늘도 나의 이름을 불러 주지 않고

거대한 뿌리 따윈 수목원의
아열대 교목에서나 찾아보라지

신격문(新檄文)

관리실에서 알려 드립니다.

트렁크에서 자꾸 파도 소리 나는 세대가 있습니다. 마땅히 돌아가 누울 고향도 없는 백골들은 지하실에서 함구해 주시고요. 지금 나를 싣고 가는 것이 누구의 시간인지 확실하지 않은 세대는 내일 오전까지 관리실로 연락 주십시오. 바람이 많이 늙어 있습니다만 간간이 총소리가 들리고 있으니 창문을 단단히 여며 주시기 바랍니다.

관리실에서 알려 드립니다.

남편이 오늘 밤을 기대하는 세대는 18시 94분까지 수돗물이 나오지 않겠습니다. 아랫도리 말고 어디를 더 개방해야 할지 막막한 부녀자들은 문 두드리는 거선들을 설득해 욕조에 정박시킨 뒤 시조의 효용성에 관해 반장과 상의하십시오. 인내천을 오해했던 근대에 관한 1800자 논술이 불가능한 세대는 텅 빈 우편함을 확인한 뒤 엘리베이터가 내려올 때까지 거울에 얼굴을 비추고 계십시오.

관리실에서 알려 드립니다.

면사무소 2층 회의실에서는 버리기힘든소복에캘리포니

아산포도쥬스를쏟아부어라 특강 신청을 자정부터 받고 있습니다. 초상권 걱정일랑 접어 두시고 연락 주십시오. 도대체 누구라서 내가 나인 것을 알아내겠습니까. 그러나 거울을 볼 때는 절대 내 얼굴이 내 얼굴인 척해야 한다는 것을 잊지 마십시오. 물론 이것은 얼굴이 보이는 세대에 한해서만 해당되는 사항임은 말할 것도 없습니다.

나는야 전성시대

제사를 끝내고 집으로 가는 길이었다
길들은 빠른 속도로 차창을 따라붙었다

전봇대는 얼핏 십자가처럼 보이기도 했으나
입을 굳게 다문 시간 속에서 구원은 없었다

라디오에서는 그저 그런 웃음소리 몇 개가 흘러나왔고
출발할 때보다 나는 조금 더 늙어 있었다

백미러 속으로
옷 입은 귀신들이 옷 벗은 귀신들에게 술잔을 돌리고

내가 이름이 없다고 누가 그래?
비역사적 이유로 농약에 취한 젊은 시간이
영정 속에 납작 갇혀 있다

제사를 끝내고 집으로 가는 길이었다
몇백 년 뒤에는 어떤 술잔도 기억해 주지 않을 몸을 타고
천연덕스럽게 달린다

길들이 빠른 속도로 따라붙지만 상관없다
달려온 자리 위로 아무 발자국도 찍히지 않지만
라디오에서 흘러나오는 노래를 흠흠흠 따라 한다

그깟 연대기에 이름 하나 없다고 놀리지 마세요
아설순치후 임금께선 글씨꼴이그게뭐냐
입도 벙끗 못하시지만

이래 봬도 난 제사상을 차리고 돌아오는 길
투명하다고 놀리지 마세요

우우— 난 귀신이 아니지요
오오— 난 귀신은 아니지요

무궁화 꽃이 피었습니다

나는 나에게
"당신은 나입니다."
말해 주었고
"세상에서 제일 듣기 좋아."
나는 나에게 미소를 지어 주었다

여자의 옆에는 여자만 있었다
여자의 옆에는 여자 말고는 없었다
여자는 여자와 함께 거울을 보았고
여자는 여자와 어깨동무를 하였다
여자는 가끔 여자의 마음을 눈치채지 못했고
여자는 가끔 여자에게 미안하였다
때로 여자는 여자에게 무심하였고
때로 여자는 여자가 지겹기도 했지만
여자는 여자의 곁을 떠나지 못했다

여자는 여자에게 자신이 여자의 곁에 남겠다고 하였고
여자는 여자에게 자신이 여자의 곁에 남겠다고 하였다

아무도 찾아오지 않았지만
여자는 여자 때문에 이 술래잡기가 외롭지 않았다

처음 여자 속에서 여자가 눈떴을 때도
영문 모를 이 술래잡기의 역사를 원망하지는 않았다

여자가 언제 여자 속에서 여자를 찾아낼지 알 수 없지만
여자는 여자와 함께 시간 속으로
더욱 성실하게 몸을 오그려 본다

주머니 속에 아무것도
감출 것이 없다는 게 조금
부끄럽긴 하지만

숨은그림찾기

오늘 하루도 행복했다
행복했다고 말하는 건 어렵지 않다
어떤 식으로든 난 살아 있으니까
모더니즘이나 미니멀리즘 같은
명찰을 달지 않으면 어떤가
도대체 왜 가스 오븐 같은 데다
빛나는 머리를 들이밀어야 하는지
노력하면 누구나 행복해진다
텔레비전 리모컨을 새것으로 바꾸기만 해도
역사는 진보한다
그것이 남북 정상회담보다 못한
역사여야 할 필요는 없다
일기장 속에서는 나도 일인칭 주인공 시점의 정상
욕심만 부리지 않는다면 누구나 행복해진다
자랑 같은 풀이 무덤 위에 무성하길 바라지도 않고
화로를 붙들고 앉아 식어 빠진 오늘로 내일을 달구겠다는
하소연도 하지 않고
새들이 세상을 뜨면 뜨는구나
가엾은 내 사랑 빈집에 갇혔으면 갇혔구나

바람에 떠밀린 풀이 누우면 눕는구나
물론 평론가 김으로부터 손가락질 받을 감상법이지만
그런데 그것이 왜 손가락질 받을 일인가
하지만 꽃, 너에게 의미를 부여하지 않는 건
내 마지막 자존심
그러나 잇몸을 훤히 드러내고 웃어 젖히는 것이
그토록 부끄럽다면

누구 없어요?

저녁으로 카레를 먹기로 했다. 아파트 마당에는 얼굴에 검버섯이 핀 몇 송이 꽃들. 이름이 있는 척 앉아 있다. 오랜 장마 끝 모처럼 햇볕 쨍쨍한 날. 매미는 보이지 않고 매미 소리만 우렁차다.

명찰이 없다는 걸 알고 있지만 엎드려뻗쳐! 선도는 내 이름을 부르진 않을 것이다. 내가 멈춰 서는 걸 설마 바라진 않을 테니까. 오늘 아침 거울에서 본 얼굴은 어제보다 더 투명해져 있지만 교문을 통과하는 데는 아무 문제도 없다.

애국가가 울려 퍼질 때 가슴에 손을 얹은 건 도시락 폭탄을 던진 시대에 대한 경배보다는 세 살 버릇 여든까지 간 때문이었지만 Where are you from? 선생님께서 묻는다면 뭐라고 대답해야 할까.

시간의 파도가 내 얼굴 속에서 내 얼굴을 쓸어 간다. 부산의 놀이 공원 사고에서 할아버지는 여덟 살 손녀를 허리에 매단 채 허공의 난간을 잡고 버텼다지만. 양파를 다지는 손목을 내려다본다. 72년째 매달려 있는 이 놀이동산. 구조대는 아직 오지 않았다. 어쩌면 햇빛보다 더 투명해진 나를 발견하지 못했을 수도. 아니면 교문 앞 선도처럼 내 이름을 불러 주기 싫었을 수도.

밖에 관한 상상

어딘가 차이코프스키의 밖은 있겠지

입속의 검은 잎의 밖이 어딘가 분명히 있듯

어딘가 엘리제를 위하여의 밖은 있겠지

신데렐라를 돌려보낸 12시의 밖이 어딘가 분명히 있듯

문을 열고 밖으로 나가는 것은 쉬운 일

오늘도 난 슬리퍼를 끌고 밖으로 나갔다 왔는데

어딘가 오늘 나간 밖의 밖도 분명 있겠지

아무리 문을 열고 나가도 나갈 수 없는 밖이 있겠지

살아서는 볼펜이 알 수 없는 볼펜의 밖이 분명 있겠지

정말로

그렇게 당당하게 주민등록증을 내밀 때부터
난 니가 겁이 없는 줄 알았지만
그럼에도 불구하고 물어본다
이제 우유는 얼마가 남았느냐고
밑바닥을 볼 때까지 과연 살아서 마실 수 있겠느냐고

사내아이 둘을 키우는데요
한 아이는 기저귀를 차고 한 아이는 콘돔을 끼죠
한배에서 났지만 어머니는 달라요
사실은 모두 고아죠

가슴이쩡하네요정말로를 부를 때부터
나는 시간의 선두에 서고 싶었다
1972년이 나만의 것인 줄 알았지만
서부국민학교에는 1972년으로 꽉꽉 채워진
6학년이 일곱 반이나 있었다

아가, 고추는 지지야
고추는 매워

매우면 눈물이 난단다
그런데 넌 아직 매운맛도 모르니?

고작 관리비 체납 명단에서나 호명되는
자신의 이름에 수치를 느끼는 세대에서는
자살의 방법에 관해 관리실로 문의하셔도 좋습니다
바람이 많이 부는 날에는 투신을 삼가시고
분신 세대는 옆집으로 불씨가 튀지 않도록
신경 써 주십시오

닭의 수정란을 익혀 먹으며 익숙한 악몽을 꾼다

나, 정말 저 개나리 중 아무 개나리야?
김개나리도 아니고 박개나리도 아니고
누가 꺾어 가도 상관없고 언제 시들어도 상관없는
나, 정말 저 개나리 중 아무 개나리야?

가슴이찡하네요정말로
눈물이핑도네요정말로

투명한 점묘

식탁 의자에 앉아 있다
바람이 많이 부는 이름 없는 저녁
국 냄비가 부글부글 끓어오른다
압력 밥솥에서 증기가 새어 나온다
가스 오븐 알람이 울려 퍼진다

식탁 의자에 앉아 있다
바람이 많이 부는 이름 없는 저녁
쇠라는 서른한 살에 죽었다고 DJ가 말한다
점묘법에 대해 그녀가 설명하는 사이
홈플러스 알뜰 샘물 속에 숨는다
쏙쏙 뽑는 재미 크린백 속에 숨는다
헤모그렌 하루 한 캡슐 속에 숨는다

식탁 의자에 앉아 있다
바람이 많이 부는 이름 없는 저녁
국 냄비 속에 머리를 통째 넣고 우려낸다
압력 밥솥에 심장을 넣고 취사를 누른다
뱃속의 아이를 오븐에 넣고 노릇노릇 굽는다

그래도 나는 아직 식탁 의자에 앉아 있다
바람이 많이 부는 이름 없는 저녁
나는 아직 내 속에 남아 있다
발바닥 저 밑까지 손을 뻗어 휘휘 저어 보지만
나는 내 속에서 나를 꺼낼 수 없다

나는 지금 식탁 의자에 앉아 있다
바람이 많이 부는 이름 없는 저녁
역사의 어떤 낱장에도 점 하나 찍지 못한 채

아무도 신고 않는 슬픈 자위를 반복하며
아무도 관심 없는 투명한 점묘를 반복하며

개나리들의 장래 희망

모 목장에서 양B로 오인받아 도살당하는 양A
양B요! 배달된 양A를 보고
양B가왔군 판매하는 식육점 주인
양B로 알고 구매한 양A를 양B처럼 조리하는 요리사
양A의 요리를 양B의 가격을 주고 먹는 손님
굶주린 늑대가 얼룩말 떼를 습격할 때
같은 무리 발에 걸려 넘어지는 얼룩말
집었던 콜라를 놓고 우유를 살 때 그 콜라
어느 밤 트럭에 치여 즉사한 고양이
어느 아침까지 계속 치이고 있는 고양이
어느 새벽 청소부가 삽으로 긁어내고 있는 고양이
차창 밖으로 마주친 오줌 누던 개의 눈동자
덜컹덜컹 시간 속으로 멀어지던 눈동자
공터에 버려진 채 비를 맞는 소파
오며 가며 아이들이 칼자국 내고
시청 다니는 늙은 자식이 오줌도 깔기는 소파
버스 맨 뒷자리 아무렇게나 펼쳐진 신문
청소하는 아주머니가 되는 대로 둘둘 말아 쥐고

바퀴벌레를 향해 내리치는 신문

그 신문에 인쇄된 바퀴벌레의 터진 비명

꿀사과들에게 고함

나보다 더 먼저 불기 시작했으면서
나보다 더 늦게까지 부는 바람이 싫었다

나보다 더 먼저 태어났으면서
나보다 더 늦게까지 태어나는 나무가 싫었다

잠깐! 이건 마트에도 없는
너무 뻔한 상상이잖아요

괜찮아, 고양이 한 마리쯤 죽여 버리면 되지
어머니는 차마 못 죽이겠고
아버지도 차마 못 죽이겠고
파리나 한 수천 마리 죽이면 되지

사실은 내가 그 파리인지
파리 잡는 손바닥인지 궁금한 거 아닌가요?

그러니까, 넌 어떤 사과니?
도로변에 놓인 청송 꿀사과들에게 소리친다

혹시 검은 리본의 식목일
이름도 모르는 애송이 손에 함부로 심긴
너 국방색 맛이 나는 사과니?

미안, 편지라면 사양하겠어
꿀사과들아, 난 주소가 없단다

내가 누군지 정 알고 싶으면
늘 하던 대로 천천히 죽어

널 알기 위해
세상의 모든 사과나무를 조사할 필요는 없는 거란다*

* 투르게네프의 소설 『첫사랑』에서.

질문 사절

중풍으로 돌아가신 할아버지는 안방에 계셨다
크림빵 먹다 빠진 앞니를 재떨이에 뱉어 내고 계셨다

우리는 언제나 하루 속에 있었고
그것은 꽃도 마찬가지였다

가슴에는 노란 명찰
라디오에선 조선 시대 음악이 흘렀지만
하루 밖을 궁금해하는 것은 이제 유치원생도 하는 일

치매로 돌아가신 외할머니는 거실에서 걸음마를 하는데
텔레비전은 자신이 중계한 프로그램을 모두 기억할까

하긴 난 원래가 남의 史생활에는 관심이 없는 족속
그렇게 심심하면 인형 놀이나 해 보시는 거지

아버지도 되었다가 어머니도 되었다가
너도 되었다가 나도 되었다가

껍데기는 워낙 많으시거든

아무 시간이나 처넣고 속을 채우면 그만

세상에서 가장 오래된 돌림노래

나는 지금 백 년 전의 도로를 드라이브하고 있어요
조수석에서는 어머니가 가랑이를 벌린 채
나를 낳고 있어요
대가리를 빳빳하게 쳐든 조수석의 내가
운전석의 나를 빤히 쳐다보아요
별들이 마른 비명을 내지르며 길 위로 떨어져요

나는 지금 천 년 전의 도로를 드라이브하고 있어요
어머니는 이제 벌린 가랑이 사이로
할머니를 낳고 있어요
뒷자리에 내던져진 나는 벌써
나보다 네 살이나 더 먹고는
이젠 자기가 운전을 하겠다고 우겨요

나는 몇천 년 전부터 부른 배를 액셀 대신 꾹꾹 밟아요
어머니는 씹던 껌으로 탕탕 풍선을 불어요
달력은 오늘을 노래하죠
하지만 난 속지 않고 굳세게 거짓말 쳐요

어머니는 이제 어머니를 낳고 있어요

나는 몇천 년 전부터 부른 배를 안고
드라이브하고 있어요
어머니의 사타구니로 들어온 지도 몇천 년
어머니의 사타구니를 나가려고 달린지도 몇천 년
달력은 겨우 오늘을 노래하죠
하지만 난 속지 않고 굳세게 거짓말 쳐요

역사는 제발 비명을 지르지 말라고 하세요
어머니가 더 이상 어머니와
바람이나 못 피우게 하라고 하세요
이 사타구니의 끝이 저 사타구니의 시작이나
안 되게 하라고 하세요

이 거짓말 같은 드라이브가 내 거짓말보다
먼저 멈추기를 바란다면

원숭이의 간편 처세술

허공에 매달린 생쥐의 세모난 머리를 보며 살아왔다
엄밀히 말해 그것은 생쥐의 머리가 아닐지도 몰랐지만
원숭이에겐 상상의 힘이 부족했다
지구를 버리고 달아난 개들의 이야기를 들었을 때
원숭이에겐 아직 엉덩이의 빨간 비밀이 남아 있었지만
이제 더는 풀어야 할 문제가 없다는 듯
살랑대는 개들의 꼬리를 뒤따를 준비를 하였다
어머니의 얼굴을 궁금해하는 것은
주제넘거나 지나도 한참 지난 유행이었으므로
시간이나 부지런히 낭비할 일이었다
도넛이나 사 먹으며 낄낄거릴 일이었다
엉덩이의 새빨간 비밀 같은 건
해 질 녘 하루살이들조차 쳇쳇거리는 노래가 된 지 오래
코끼리는 절대로 읽을 수 없는 흰 도마뱀들의 역사 같은 거
네 마리 만 원 하는 오징어가 흘러나오는 스피커 같은 거
엄마잘못했어요다신안태어날게요
울부짖는 비인칭의 주어 같은 거
상관관계 따위를 찾아내고자 골몰할 일이 아니었다
텔레비전이나 보며 흘러갈 일이었다

아랫도리 짜릿한 꿈이나 꾸며 흘러갈 일이었다
이제그만살고일어나! 자명종이 따릉따릉 울릴 때까지

창밖의 비밀

원숭이 한 마리가 창틀에 앉아 밖을 내다본다. 밖으로 꾸며진 안을 모르고 원숭이는 밖을 내다본다. 일본 인형은 원숭이의 엉덩이를 받치고 있다. 물론 그것은 일본 인형이 아니라도 상관없다. 지금 말하고 있는 것이 내가 아니라도 상관없다고 원숭이가 생각하듯. 하지만 원숭이는 생각을 할 수 없다고 나는 중얼거리고 그런 나는 있을 수 없다고 내 뱃속의 아이는 생각한다. 하지만 내 뱃속의 아이 속에는 내가 있을 수 없다고 밖을 내다보는 원숭이는 생각하고 원숭이는 결코 나를 상상할 수 없다고 일본 인형은 결론짓고 나는 그것이 일본 인형만의 결론은 아닐 것이라 싱크대 앞에서 생각한다.

원숭이는 계속 밖으로 꾸며진 안을 내다보고 일본 인형은 계속 원숭이의 엉덩이를 받치고 있고 뱃속의 아이는 계속 내 속에 들어 있고 그런데 나는 계속 내 안에 없고 없는 내 눈에서는 계속 딱딱한 눈물이 흐르고 놀이터에서는 계속 사라진 아이들의 고함 소리가 떠다니고 라디오에서 흘러나오는 음악은 계속 없는 내 귓속으로 흘러들고 그러나 나는 계속 내 안에 없고.

보이지 않는 선수*

하늘을 나는 거북이의 등 위로 날렵한 바람
초록색 얼굴이 똑같은 나무들 사이로
시간의 일정한 간격

여기는 흑백의 화면 조정 시간
X좌표 위 창문 속에서 Y자로 선 질문이 없는 한 사내

태양 속에는 피가 없었다
하긴, 무슨 상관일 것인가
어차피 난 태양보다 일찍 쏟아질 것이었다

얼굴이 텅 빈 그림자들이 저마다 앞 다퉈
야금야금 심장을 태우는 오전

나는 한 손에 나보다 더 먼저 커피였던 커피를 들고
나보다 더 먼저 신문이었던 신문을 느릿느릿 넘긴다

* 르네 마그리트의 그림.

누군가 찾으러 왔다면 헛수고! 라고 똥 누고 싶다
무언가 물으러 왔다면 입닥쳐! 라고 토하고 싶다

태어났을 때부터 꼭 한 번 먹고 싶었던 건 어머니
이따위 시시한 아설순치후나 배우게 만들어 놓고
여기가 어디죠? 같은
촌스런 질문이나 베끼게 만들어 놓고

한도 끝도 없이 벌어지는 빨간 구멍 하나를
산타 선물처럼 불쑥 사타구니에 걸어 두고 가셨으니까

무릎을 꿇고 연필에게 소원을 빌어 본다

제발! 아무것도 낳고 싶지 않아요
아무것도 아닌 것만 제발! 낳게 해 주세요

연보 속의 르네 마그리트(1898~1967)를 보고
울다 잠들었다
새카맣게 숯이 된 심장을 들고

(1972~?) 속에 갇히는 꿈을 꾸었다

괄호를 여는 손도 괄호를 닫는 손도
분명 내 것은 아닌 듯했는데

나는 내 무릎에 올라 앉아
저만치 발을 동동 구르며 우는 나를
손가락질하고 있었다

달과 나와 선물

달이 있었다
나는 아직 잠들지 않은 채였다

그건 단지
지금과 여기에서 벌어진 평범한 사건

혹시 당신
줄거리 같은 걸 요구할 생각이라면

코가 막혀서 불편했고
몸이 조금 떨렸다

달력의 숫자들이 모래로 변해
흘러내린다

태양 아래
반짝반짝 빛나는 시간

물론 나는 그것이 어젯밤

꿈의 내용임을 굳게 믿고 있다

당신이 시를 쓰는 게 걱정 돼
입에서 시작해 항문으로 끝나는 당신

달이 있었고
나는 아직 잠들지 않은 채였고

달도 좀 괴로웠으면 좋겠다고
생각했지만

내일은 생일 파티가 있는 날
어머니는 어떤 선물을 주실까

화성에 있다는 물의 흔적에 관한 소문

변기 위에 앉아 있어요
살아 있지 않고선 도저히 앉을 도리가 없는
칼날 같은 역사적 순간의 위에
내가 나를 도저히 의심할 수 없는 그 순간의 위에

그러나 똥보다 나를 궁금해하지는 마세요
나는 당신도 아니고 그녀도 아니지만
개나리의 얼굴을 일일이 구별하는 태양은 법

나는 당신도 아니고 그녀도 아니지만
우리는 유니폼같이 공통된 얼굴을 가졌지요
딱지같이 시시한 얼굴들에게 붙여지는
오직 하나의 이름을 가졌지요

나는 시시각각 나를 스쳐 지나가고
나방은 형광등 주위를 애타게 맴돌지만
거실의 스위치와 불 끄는 아이의 존재를 알 수는 없겠죠

변기 위에 앉아 있어요
살아 있지 않고선 도저히 앉을 도리가 없는
칼날 같은 역사적 순간의 위에
내가 나를 도저히 의심할 수 없는 그 순간의 위에

그러나 이 순간은 당신을
몇만 년 전 또는 몇만 년 후의
미라로도 만들 수 있는
우주의 시간

베란다 창틀 위
허공을 끌어안은 채 굳어 있는 어젯밤의 나방

별일 아니라고 하면 할 말은 없지만요

발밑에서 자꾸 뿌리가 자라는 인형

어제 세탁소에 갔는데
천장에 매달린 옷을 아저씨가 내릴 동안 기다리는데
신발을 뚫고 시멘트 바닥 속으로 막 뿌리가 자라

옷을 받아 나오는데 허리 잘린 뿌리들이
발밑에도 세탁소 바닥에도 하얗게 붙어 있었어

잠자는 동안은 또 어떤 줄 알아?
내 몸에서 방바닥 밑으로 뿌리가 자라

반듯이 누웠다 몸을 돌려 누우면
등가죽을 뚫고 요를 뚫고
방바닥 속으로 자라난 뿌리가 뜯어지느라
등가죽이 다 아파

누군가 내 몸에 물을 뿌리고 있어

밤마다 짐을 꾸리는 꿈을 꿔
거리는 온통 뿌리 깊은 나무들로 빽빽해

더굵은뿌리가나기전에도망쳐
가지에 매달린 수만 장의 얼굴들이 사납게 소리쳐

눈을 뜨면 어느새 몸은 흠뻑 젖어 있고
어제보다 더 굵은 뿌리가 머리를 뚫고
베갯속으로 자라나 있어

롯데리아 판타지

매장의 형광등, 햇빛보다 몇백 배는 더 친절한 형광등, 점원들의 환대를 받으며 나는 입성한다. 카운터는 반갑게 무엇을 먹을 거냐 물어 주시고 나는 감히 껌 짝짝 씹어 가며 치킨텐더를 주문한다. (오늘 신문은 말했다. 골반 골절을 예방하는 비타민K가 닭고기에 많다고) 뭘 주문하셨죠? 되묻는 종업원을 보는 순간 나, 너무 싼 것을 주문했나 하여 그래서 날 깔보는가 하여 (콘샐러드 콘샐러드) 더듬지 않기 위해 (콘샐러드 콘샐러드) 연습한 뒤 (그것이 잘못된 일인가?) 한 개의 콘샐러드를 추가로 주문한다. 지갑 속엔 구겨진 몇 장의 천 원, 돈 꺼내는 손길이 우아해야 할 텐데, 이까짓천원짜리귀찮아못살겠어식, 안보여서그렇지만원짜린더많아식, 으로 꺼내야 할 텐데, (그것이 잘못된 일인가?) 주문하신 치킨텐더와 콘샐러드 나왔습니다. (내미는 종이 봉지 받다 말고 좀 더 큰 봉지에 한 번 더 넣어 달라고 한 건 롯데리아를 떠나기 싫은 마음?) 여기 있습니다, 손님. (벌써?) 느릿느릿 봉지를 받아 드는데 (아, 점원님들아, 제발 나를 불러 줘) 손님? 걱정 말고 이리 오셔요. 원하실 때까지 치킨텐더와 콘샐러드를 넣고 넣고 또 넣고 봉지는 아주 많아요. (라고 말해 줘, 제발) 감사합니다, 손님.

(문밖엔 메뉴판도 보이지 않는 식당) 또 오세요. (어서 옵
쇼 허리 굽히는 점원도 없이) 자동문은 어느새 비켜서고.
(도대체 주문은 누구에게 해야 하지?)

내가 사라지고 있는 달밤

 하늘의 마개가 들썩거린다. (여보이마개좀뽑아줘요. 욕
조에고인물을빼야겠어요) 들썩이는 마개의 틈으로 쉭쉭 공
기가 빨려 들고 한 움큼씩 별들이 휩쓸려 간다. (야이거곤
빠지겠는걸) 점점 더 크게 들썩이던 마개 드디어 뽑혀 나가
고 캄캄한 하늘에 둥근 구멍이 뚫린다. 노란빛이 쏟아진다.

 구름들이 질질 끌려와 구멍 속으로 빨려 든다. 아스팔
트가 거미줄처럼 갈라지며 길이 뜯겨 올라간다. (막히진않
은것같아요. 물은잘빠지고있어요여보) 붉은 매니큐어 칠한
손가락이 구멍을 들락거리고, 전선에 입이 꿰인 전신주가
줄줄이 뽑혀 올라간다. 땅에 묻힌 철근을 뽑아내며 빌딩이
날아간다.

 뒤꿈치가 살짝 들리는가 싶더니 나도 뽑혀 올라간다. 몇
덩이 흙을 뒤집으며 신발에 달린 뿌리가 힘없이 뽑혀 나온
다. 어머니는 개수대에 담긴 밥그릇을 씻어 가며 빨려 가신
다. 무섭지않으세요? 내가 물으니 내일아침엔콩밥을해먹어
야지 하신다. 아버지는 허공에 걸린 거울 앞에서 넥타이를
조였다 풀었다 조바심 내며 올라가신다. 우리는어떻게되

죠? 내가 물으니 늦었군택시를타야겠어 대문을 열고 나가
신다.

　올올이 솟구친 내 머리카락이 구멍의 소용돌이로 빨려
든다. 머리가죽을 비틀며 머리카락이 엉켜 든다. (물이다빠
져가네요여보. 욕조를씻어야겠어요) 텔레비전을 켠다. 흩날
리던 별들이 눈알 속으로 날아와 박힌다.

이 그림이 싫어

    슈퍼를 나오는데 거슬러 받은 백 원짜리 하나가 발치로 떨어진다. 뱅그르르 도는 동전을 발로 밟아 넘어뜨리고 등을 구부려 손을 뻗는데 갑자기 사방이 어두워진다. 고개를 들자 하늘에 해를 가린 하얀 지우개, 점점 가까이 내려오더니 슬금슬금 내 운동화를 지우기 시작한다.

    양말 두 짝이 오른쪽 왼쪽 차례로 지워지더니 청바지 입은 다리가 밑에서부터 뭉텅뭉텅 지워진다. 비명을 지르는 입속으로 지우개 가루가 쏟아지고 뾰족하게 심이 갈린 연필이 내려오더니 내 허리 밑으로 비늘 두툼한 인어 꼬리를 그리기 시작한다. 그러나 그 인어 꼬리 채 자라기도 전에 저 아래 후진 중인 트럭을 집어삼키며 김밥처럼 길이 말려든다. 전신주가 척척 쓰러지며 말려드는 길 속으로 빨려 들고 방금 빠져나온 슈퍼가 하늘 높이 솟구치며 말려드는 길 속으로 빨려 들고 하늘의 태양이 땅으로 곤두박질치며 말려드는 길 속으로 빨려 들고.

    (한편, 돌돌 만 도화지를 가방에 넣은 아이는…….)

다음 날 나는 책가방을 목에 걸고 횡단보도를 헤엄쳐 학교에 갔다. 도르륵 도르륵 안으로 말려드는 내 꼬리를 잡아당기며 친구들은 장난을 치고 이마를 뚫고 자란 더듬이를 흔들거리며 담임 선생님은 출석을 부르는데 나는 창문 너머 사각사각 연필 깎는 소리에 자꾸만 정신이 산만해지고.

자연분만을 꿈꾸는 임산부의 태교

거기는 안이고
여기는 밖이지

넌 아직 태어나지 않았고
난 벌써 태어났지

넌 이제 갓 죽기 시작했고
난 벌써 몇십 년째 죽고 있지

넌 내 안에서 흘러가는 시계이고
난 네 밖에서 돌아가는 시계이지

들숨 날숨으로 풀어지는 저마다의 태엽
각자의 심장이 언제 정오를 치게 될지는
아무도 몰라

왜 이런 인테리어를 하셨는지는
나도 어머니께 여쭤 봐야 하는데

어제는 백화점에서 어머니와 새 임부복을 샀지만
난 아직 한 번도 어머니를 만나 본 적이 없어서 말이야

하지만 백화점을 나오며 한숨 쉬는 나에게 어머니는
틀림없이 자연분만을 할 수 있을 거라며 용기를 주셨어

눈

복숭아를 씻으러 싱크대로 갔다
뽀득뽀득 복숭아를 문질러 씻다 문득 쳐다본 창문
눈과 마주친다

눈은 그냥 거기 있었다
내가 그냥 여기 있듯이

눈은 나를 바라봤지만
나를 보고 있지는 않았다

너희도맛있는것을보면내가생각나니?
어머니의 틀니는 입안에서 사탕 소리를 낸다

어미가되어보아라어미는항상자식생각뿐이다
병풍 너머 수심을 알 수 없는 시간이 출렁거린다

나는 뽀득뽀득 복숭아를 문질러 씻는다
복숭아에선 신기하게도 복숭아 냄새가 난다

나는 창문으로 손을 뻗어 블라인드를 내린다
눈은 아무런 눈짓도 하지 않은 채 그냥 감긴다

몸은 언제부터 투명해졌는지
그림자 없이 사는 느낌은 어떤지

복숭아를 다 씻고 난 다음에는 무엇을 할 것인지
눈은 아무런 눈짓도 하지 않은 채 그냥 감긴다

거짓말

아버지는 삼 년 전에 돌아가실 겁니다
언니는 형부 몰래 어머니를 유산했고요
동생은 살아 있는 미라랍니다
오빠는 가정부의 항문을 아이스크림처럼 핥고요
나는 남편의 머리 가죽 속에 솜을 넣고 베개를 만들죠

사실 오늘은 아무 날도 아니지만요
사실 오늘은 어떤 날도 되겠지만요

시간의 총탄이 빗발치는 여기는
대대로 투명한 전쟁터랍니다

너 자꾸 거짓말 칠래
선생님이 손톱깎이로 내 젖꼭지를 싹둑 잘라요

입만 열면 거짓말이야
선생님이 내 혓바닥을 칭칭 손에다 감아쥐어요

하늘에는 태양도 없는데

눈부신 눈물이 이마에서 자꾸 흘러요

거짓말 아닌 세상이 세상에 어디 있다고
손목은 잘라서 새끼를 밴 개에게 벌써 주었는데
거짓말만 한다고 선생님은 내 눈알을 모조리 뽑겠다 하고

수없는 거짓말 배고 낳으신 어머님들 앞에선
선생님도 벌벌 꼼짝 못 하시면서

종의 기원

십자가 옆에 진입 금지
세 사람이 나란히 누운 안방
아무 설명도 하지 않겠다

시간의 안팎을 들락거리는 거친 숨소리
부지런히 죽음을 습작하는 옥탑 방의 화가
그리고 평론가 김의 말에는 신경 쓰지 않는 것이다

교과서는 어차피 썩는다
몇만 년 뒤에도 살아남는 건
턱뼈나 두개골 또는 어금니 따위다

그러게 꽃은 그냥 아름다우면 좋을 뻔했다
그것은 우리가 꽃이라 부르기 훨씬 전부터 꽃이었다
나무가 우리보다 훨씬 더 먼저 나무였듯이

그러게 꽃은 의미 같은 걸 탐내지 말고
그냥 아름답기나 하면 좋을 뻔했다

그러게 꽃에다 의미 같은 걸 덮어씌우지 말고
그냥 아름답도록 놔뒀으면 좋을 뻔했다

꽃보다 더 오래 산 척하면 될 줄 알았더니
나무보다 더 먼저 나무인 척하면 될 줄 알았더니

이제 어떡하니?
너 같은 뻔한 수수께끼

전설의 고향

하늘에 태양과 그것을 바라보는 나
둘 중 어느 것이 더 신기해?

옆방에 가 봐
아무도 없는 옆방에
너는 그깟 귀신이 나올까 봐 무섭니?

무서운 건 온 가족 모두 모인 거실이지
가족은 없고 활활 타는 시간만 옹기종기 모인 거실

걱정 마, 잠이 오지 않는 건 낮에 마신 커피 때문
달리 무슨 이유가 있겠어?

내 얼굴이 내 얼굴처럼 생겨서는 설마 아닐 테고
니 얼굴이 니 얼굴처럼 생겨서는 물론 아닐 테고
요 세상이 요 세상처럼 생겨서는 더욱 아닐 테고

초저녁에 일찌감치 두 번 하고 달콤하게 코를 고는 아빠
(바나나 속에 바나나, 틀림없이 바나나)

콧노래를 흥얼거리며 밥솥에 쌀을 안치는 엄마
젖병을 입에 문 채 히죽히죽 배부른 웃음을 흘리는 아가

건드리지 마!
여기는 완벽해

고대가요 remix

달을 먹고 아기나 하나 더 낳아 볼까요?
하늘에 달이 사라지는 변괴가 일어난다면
하긴 요즘 같은 세상 그까짓 것
변괴 축에나 끼일지 모르겠지만

나는 도솔가 따위 부르며 떼 지어 호들갑 떨지 않고
물소 가죽 소파에 우아하게 앉아 커피나 마시겠어요
물소 가죽이 들개 가죽쯤으로 변한다면 또 몰라도
몇십 년째 세 들어 있으면서도 미치게 낯선
내 몸만 한 변괴가 어디 또 있을라구요

아버지는 해만 뜨면 전화를 해
내가니아비다내가니아비다 주문을 외고
지금 그 말을 나보고 믿으란 건지
어머니는 해만 지면 전화를 해
내가니어미다내가니어미다 주문을 외고

차라리 하늘 밖에 하늘이 또 있다고 하세요
천당 지옥을 섬기고

염라대왕 옥황상제를 만나라고 하세요
노래하는 애들 좀 불러 혜성가나 한두 마디 시켜 보게요

그러니 살아 있는 이 변괴를 제발 좀 보세요
낯이 설어 낯이 설어 미치겠는데 나는
하루에도 수십 번씩 거울을 보는 강심장을 가졌다고요
구지가는 이럴 때나 한 곡조 뽑아야 하는 거 아닌가요

거북아 거북아
한 번도 얼굴 본 적 없는 거북아
머리를 내밀어라
한 번도 본 적 없는 소문 같은
그 머리를 제발 내밀어라
만약 내밀지 않으면
한 번도 본 적 없는 널 찾아
평생에 평생에 평생에 찾아
소문만이라도 구워 먹고 말겠다

웃음소리

바람이 불어
시간이 슬금슬금 몸 위를 불고 다녀

그림자부터 우리는 사라지겠지
도저히 알아챌 수 없는 눈 깜짝할 사이

그런데 넌 오늘을 너무 꼭 쥐고 있구나
손마디가 허옇게 불거지도록

앙상한 어깨에서 쉴 새 없이 흩날리는 뼛가루
시간이 슬금슬금 몸 위를 불고 다니지만

광대뼈가 뚫고 올라온 얼굴에
마사지 크림을 떡칠하는 너는
용감한 건지 불쌍한 건지

여기에 있지만 여기에 없는 중인데 말이야
앞가슴에 반듯한 노란 명찰이 참 슬프구나

그래도 아직 얼굴이 남아 있을 때 웃어 줘
니 얼굴이 니 얼굴처럼 보일 때 웃어 줘

이 세상에 없는 어린이

난 어려요.

난 어려서 아기도 백 명밖에 낳지 못했고 난 어려서 가볍고 너무너무 가벼워서 조금이라도 바람이 부는 날에는 외출을 할 수가 없고 그래서 난 죽음을 잘 모르고 난 어리니까 어리고 가벼우니까 그래서 그가 죽었을 때 나는 샤워 중이었고 그의 죽음을 전해 듣고 난 뒤 나는 뷔페식 샤브샤브에 갔고 난 아직 어려서 주문에 능숙하지 못하지만 난 아직 어려서 죽음이 뭔지 잘 모르지만 그가 죽고 난 뒤 남아 있는 이 세계에 대해서는 너무 잘 알죠.

그가 죽고 난 뒤 난 세 번을 했지만 오줌 때문에 세 번 다 성공 못했고 그가 죽고 난 뒤 난 작년보다 더 심한 황사가 온다는 뉴스를 봤고 그가 죽고 난 뒤 난 지방 발령이 났다는 동생의 전화를 받았고 그가 죽고 난 뒤 난 피부를 위해 하루 여덟 잔의 물을 마시기로 결심했죠.

난 어리니까 내가 죽고 난 뒤에도 남아 있을 세계에 대해서는 생각 못하고 난 어리니까 그가 태어났을 때 나는 이 세상에 없는 풍경이었다는 걸 생각 못하고 그러니까 우리가 서로에게 없는 풍경이었다는 걸 생각 못하고 난 어리니까 어리고 가벼우니까.

그런데 세상에는 그를 모르는 사람도 많아서 그가 몰랐던 죽음이 너무 많았듯 그의 죽음을 모르는 사람도 너무 많아서 어떤 이에게 그는 살았던 적도 죽었던 적도 없는 신기한 사람이 된다는 걸 생각 못하고 난 어리니까 아기도 백 명밖에 낳지 못했으니까 나 역시 그 신기한 사람이 될 것이란 생각을 하지 못하고 난 그저 지금 살아 있는 것에만 신이 나서 지금 살아 있다는 것에만 신이 나서 난 아직 어리니까 어리고 가벼우니까.

언제나 만우절 고마운

모든 것이 완벽하다.

동생보다 낮은 가격에 물소 가죽 소파를 구입했고 모른다고 하기 싫어 말하지 않았더니 옆집 여자가 먼저 사과했다. 틀니를 해 드리고 난 뒤 어머님과는 사이가 좋아져 아까는 시골집을 내주겠다며 전화를 하셨고 아버지는 종친회 회장으로 취임한 뒤 담배를 끊었다. 남편은 퇴근하기 무섭게 집으로 돌아오고 이틀에 한 번은 오늘 안 하고 싶어? 엉덩이를 슬슬 쓰다듬어 준다.

새로 산 리모컨에는 숨겨진 채널을 자동으로 찾아 주는 기능이 있고 아까는 심장병에 걸린 여섯 살 여자 아이 앞으로 ARS 기부를 했다. 요금 제도를 바꾸고 보상금을 받으라는 통신사 직원에게 그럴 돈 있으면 불우 이웃을 도우라고 정중하게 충고한 뒤 대선 후보 자질 요건을 묻는 전화 앙케트에 보수도 진보도 아닌 세계화라고 말해 주었다. 다음 달부터는 동생과 함께 독거노인 목욕 봉사를 하기로 했고 내년 봄에는 셋째를 가질 계획이다.

모든 것이 완벽하다.

　나는 어떤 삶에도 시시각각 속아 줄 준비가 되어 있다. 무엇이 걱정인가. 바람은 언제나 바람처럼 불고 길은 언제나 길처럼 펼쳐진다. 가로등은 언제나 가로등처럼 서 있고 나무는 언제나 나무처럼 흔들린다. 내가 언제나 나인 것처럼, 네가 언제나 너인 것처럼, 꽃은 언제나 그렇게 피고 귤은 언제나 그렇게 새콤달콤 주황색.

날마다 편히 잠드는 영희의 기술

넌 삶도 죽음도 뻔해진 지가 언젠데 이제 와서 시를 쓰겠다고 하면 어쩌자는 거니? 뒷북치는 소년이 장래 희망이라면 또 몰라. 저녁마다 역사책 본다기에 웃음 참느라 혼났다. 만화 삼국지나 보면서 TV 토론에 전화 참여나 하면 정말 딱인데. 역사는 뭐 아무한테나 해석되는 줄 아니? 넌 그냥 살면 돼. 너 같은 애들까지 그냥 안 살아 주고 시간의 뒤를 캐 보겠다고 나대면 그거야말로 카오스 아니니? 나중에 무슨 일 생겼다고 하면, 불타는 사발통문 같은 거 누가 읽었다고 하면, 제목이 뭔지 내용이 뭔지 고민하지 말고 그런 건 지식인들한테나 맡겨 두고 넌 그냥 욱! 하는 마음에 아무 연장이나 들고 뛰쳐나와 무작위로 날아오는 총알을 틀림없이 맞을 수 있는 도로 한복판에 별 생각 없이 서 있으면 돼. 용기가 좀 더 있다면 시너에 온몸을 적시고 간첩 새끼들! 한마디 내뱉고는 놀이동산 같은 데다 불을 싸지르면 된다고. 뱅글뱅글 사람을 가지각색으로 돌려놓고 돈을 받아 처먹는 놀이동산 말이야. 하긴 널 혼자 내버려 둔 내 잘못도 크다. 그렇다고 시간을 미행하며 소일할 줄은 설마 몰랐지. 그래도 시를 쓰겠다는 건 도가 지나쳐. What time is it now? 에나 또박또박 대답하는 시민으로는 아무래도 무리겠니? 행복은 결코 멀리 있는 게 아닌데 말이지.

거울에게

그때 나는 빨래를 널고 있었다
제목도 없는 시간 속으로
태양은 아무렇지도 않게 쏟아지고

나는 마치 처음부터
빨래 건조대를 알고 있었던 것처럼
나는 마치 처음부터
엄마엄마 보행기로 거실을 누비는
저 아이를 알고 있었던 것처럼
나는 마치 처음부터
베란다 너머 저 허공을 알고 있었던 것처럼
익숙해익숙해미치겠어
오늘 하루도 눈감아 주는데

거울아 거울아!
이 여자는 도대체 누구니?

하고 묻는 것이 코미디처럼 느껴지는
마치 처음부터 잘 알고 있었던 것 같은 시간 속에서

이제껏 살고도 날 모른단 말이야?
비아냥댈 것 같은 시간 속에서
도대체 빨래나 널고 있지 않으면
저마다의 베란다에서 저렇게도 마음 편히 말라 가는
아파트의 빨래들이나 멍하니 감상하지 않으면

거울아 거울아!
도대체 무엇을 하겠니?

나는 마치 처음부터 나로
수천 년 수만 년을 살아온 듯
너무도 익숙하게
내 팔 속으로 내 팔을 뻗고
내 다리 속으로 내 다리를 뻗고
내 얼굴 속으로 내 얼굴을 들이밀며

안녕안녕선생님?
안녕안녕친구들?

오늘도 이렇게 인사하는데

신나는 악몽 한 곡

집으로 가는 길로 접어든다
낯익은 시간들이 길을 따라 커브를 돈다

운전대를 잡고 있는 손
백미러를 힐끗거리는 눈
나무들이 어둠 속으로 얼굴을 감춘다

운전대를 잡고 있는 손을 본다
그것은 나의 손이다
나는 지금 나를 태우고 집으로 가는 중이다

멀리 헤드라이트가 닿지 못한 어둠 속으로
길들이 꼬리를 감춘다

죽음을 생각했지만
그것은 영마트를 지나기도 전에 습관이 되었다

지금 달을 올려다보는 것이 나 자신이라는 사실을

믿을 수 있는 게 이상할까
믿을 수 없는 게 이상할까

아파트 마당은 또 이렇게 조용하다
가로등은 벌써부터
눈부신 비명들로 가득 들어찼는데

분홍 신의 고백

아무도 춤추지 않았고 피아노는 눈물을 삼켰다. 나는 열심히 오늘을 모았지만 누군가들은 또 죽었다. 텔레비전은 아무 나무의 낙화나 함부로 중계하지 않았지만 이제는 케이블의 시대. 주인공이 너무 많아서 주인공이 없는 시대. 내 시를 읽으려면 난해하게 춤추는 법부터 배워야 할걸. 주인공이 되려면 자꾸자꾸 어려워져야 하니까. 투명한 알맹이를 들키지 않으려면 벗겨도 벗겨도 끝이 없는 껍질은 필수. 천국과 지옥에 시가 없는 이유를 묻지 마. 귀찮아 죽겠는데 날씨는 흐리지. 우는 아이의 목을 조르는 건 영문도 모르고 숨을 쉬는 것보단 차라리 쉬워. 핵심은 손놀림이 우아해야 한다는 것. 근데 이건 누구 얼굴이더라? 아무렴 어때? 내 얼굴만 기억하면 됐지. 못 들었다면 한 번 더 말해 줄까. 귀찮아 죽겠는데 날씨는 흐리고 내 얼굴로 살지 않았던 시간을 누구 좋으라고 상상해? 아무도 춤추지 않았지만 나는 일인칭 주인공 시점 앞에서 날마다 자지러지고 피아노는 눈물을 삼키지만 나는 열심히 오늘만 모으고 누군가들은 또 텔레비전 앞에서 고꾸라진다.

꽃의 독백

꽃으로 숨어 지내는 날들은 아름다웠다
종속과목강문계를 비롯한 학명 따위는 궁금하지 않았다
그냥 꽃이면 족하였다
꽃이 아닌 삶은 꿈꿔 본 적도 없다
뿌리의 기원에 대한 모든 수다는
알리바이 없는 상상에 불과했다
다리를 벌리고 앉아 햇볕을 쪼였고
정말로 피곤할 땐 입으로만 하였다
꽃밭에 게양된 국기가 투명하다는 것을 국기만 몰랐다
태양 속으로 잡혀가지 않아도 좋았다
하루하루 무사히 피어 있다면 그것으로 그만이었다
어항의 밑바닥에선 먼저 핀 꽃들이 썩어 가고 있지만
시계를 보고 저녁 식사를 준비하는 데는
큰 용기가 필요하지 않았다
점점 투명해지는 꽃잎을 부여잡고 흐느낀 건
식후 과일 한 쪽 같은 다만 상쾌한 습관 같은 것
두 눈을 치켜뜬 채 천천히 아주 천천히 썩게 해 주세요
오늘도 일기에 쓰는 바람이 있다면 고작 그 정도

살의의 나날

나는 침대 밑이 궁금하지 않다

검은 그림자들의 스텝이 아무리 요란하더라도
그것은 한낱 이름 없는 소리일 뿐

내 등 뒤가 뻔했던 것처럼
내 앞날도 뻔하긴 마찬가지

어머니에게 등 떠밀려 들어왔던 그 문으로
언제 다시 되돌아 나갈지 알 수 없지만

몇백 년 뒤 이 놀이터에선
난 아무 그네도 타고 있지 않을 것이다

이 분명하고 당연하고 슬프지 않은 예언

나를 이해한다고 말하지 않길 바라
나비를 나비라 부르는 것만큼 어리석은 일도 없으니까

나는 지금 누워 있고 조금씩 사라지고 있고
텔레비전에 나오지는 않지만 그것은 사실

사과나무는 붉은 열매의 목을 조용히 조른다
기원을 알 수 없는 눈동자 속 깜빡이는 거짓말

어머니 사랑해요

정전에 대항하는 모범적 자세

나는 착한 곤충이었다

첫 비행을 시작하던 날 손수 더듬이를 잘랐고
갈 수 없는 곳은 궁금해하지 않았다

노력하면 알 수 있는 것과
노력해도 알 수 없는 것

내 날개의 재질을 밝혀낼 수는 있어도
끝내 받아 볼 수 없는 미래의 어떤 신간은 존재한다

내 생일 이전의 역사나
내 기일 이후의 날씨를 알 수 없는 게 당연하듯
등껍질 밖의 삶을 상상하는 것은 불가능했다

나는 착한 곤충이었기에
죽음으로 시를 쓰지 않았고
보이는 것만을 사랑하였다

형광등이 켜졌다 꺼지는 것처럼
내 몸에 한 줄기 빛이 무심히
들어왔다 나갈 것임을 알고 있었으므로

나무를 모르는 나무

바람이 몹시 분다
이름도 모르는 벌판에서
나무가 뭔지도 모르면서
나무로 살았다

저 멀리 벌판 끝으로
눈물이 가득 들어찬 눈동자들이
눈물의 의미도 모르면서
반짝반짝 글썽인다

여기는 어디일까

나무는 생각하는 법도 모르면서
제목도 모르는 책 앞에서 턱을 괸다

위층 어딘가에서
웅얼웅얼 아기를 달래는
어머니의 목소리가 들려온다

이제 곧 익숙해질 거야
살아서 잠드는 일에 대해
살아서 깨어나는 일에 대해
이름도 모르는 벌판의 낯선 태양과
살아서 마주치는 일에 대해

바람이 몹시 분다
바람이 뭔지도 모르면서
두려움 없이 바람 소리를 듣는다
나무가 뭔지도 모르면서
나무로 살아온 것처럼

눈동자들은 벌판의 끝으로 굴러가 있고
눈물의 의미도 모르면서 자꾸만
반짝반짝 글썽인다

가출 직전의 나비에게

창문 앞에 서 있다
그 많던 시간들은 다 어디로 빠져나간 것일까

물이 끓던 냄비
바람은 내 얼굴의 어느 쪽으로도 불어오지 않았지만

귀퉁이가 낡아 가는
하얗고 바삭거리는 이마에게

솔직히 말해 봐
무서운 적 없었어?

어제도 오늘도 나는 내가 아닌 적이 없었지만
그래서 무서운 적 없었어?

저녁 준비에 너무 마음 쓰지 마
시금치 무침 같은 것

햇님 달님을 믿도록 그냥 내버려 두죠
인생에서 자신감은 무엇보다 소중하니까요

이 집에서 나가고 싶니?
그건 더 이상 아무 위협도 될 수 없는 말인데

아무도 널 붙잡지 않을 거야
그래도 괜찮겠니?

작고한 森들의 세계

창밖 먼 길로 흰색 자동차 한 대가 지나간다
한순간의 기억과 냉정한 로그아웃

손꼽아 기다렸던 일요일 아침의 만화영화가 끝나고
거울에 비친 내 얼굴이 다만 내 얼굴이었을 때
시작도 끝도 보이지 않는 긴 우물 속으로 조금씩
매우 안전하고 심심하게 떨어지고 있는 꽃천사 루루
이 지루한 화면 조정의 시간은 언제 끝날까요

눈앞에는 복숭아를 기다리는 아이
손에쥐고통째로먹고싶어요엄마
한세계를완전히가지고싶어요엄마

벌레는 벌어진 복숭아씨의 틈으로부터 기어 나온다
하찮은 시간으로 온몸을 채운 말랑말랑한 그것
칼끝으로 살짝 찌르거나
새끼손가락으로 지그시 누르기만 해도
금방 끝나 버리는 그것

신문지 위로 버려진 벌레는 검은 활자 위를 기어간다

접시 위 사실적으로 잘라진 복숭아 그리고 포크

베란다 밖으로
발걸음에 자신 있는 한 사내와 흰 개
익숙하신가 봐요? 손을 흔들자
슈퍼 가는 게 뭐 어렵습니까? 손을 흔든다

작년까지만 해도 함께 존재했던 작고한 金을 떠올린다
그리고 흰 개와 함께 슈퍼로 가는 오늘 아침의 작고한 金
나도 곧 작고한 金이 된다
눈앞에는 복숭아를 애타게 기다리는 작고한 金
손에쥐고통째로먹고싶어요엄마
한세계를완전히가지고싶어요엄마

벌레는 유유자적 검은 활자 위를 기어간다
익숙하신가 봐요? 손을 흔들자
슈퍼 가는 게 뭐 어렵습니까? 손을 흔든다

흰 개 없이도 산책은 식은 죽 먹기다
아직까지는

그렇고 그런 해프닝

시간이 흘러가는 것을 지켜봐요
검은 숫자들은 달력 밖으로 미끄러지고요
내가 아는 글자로는 바람을 다 쓸 수 없어요
일기장에 있는 그 많은 바람은 모두 진짜가 아니에요
우주에서는 참 재미있는 일들이 일어나잖아요
아침에 있던 별들이 저녁이면 사라지고
내일 아침이면 잊혀지고
다음 날 아침이면 전설이 되고
그다음 날 아침이면 해독 불가의 암각화가 되고
그다음 날 아침이면 어떤 원숭이들은
낫 놓고 ㄱ자를 만들고
그다음 날 아침이면 어떤 원숭이들은
한 번도 살아 본 적 없는
별들의 역사를 짜 맞추느라 진땀을 흘리죠
낮과 밤이 교대로 야금야금 제 몸을 지우는 줄도 모르고
우주에서는 참 재미있는 일들이 일어나잖아요
그런데 거기가 밖은 밖인가요?
텔레비전 속에는 내가 보지 않으면 존재하지 않는
유령 채널이 점점 늘어 가는데

당신이 보지 않으면 존재하지 않는 나처럼 말이죠
그렇다면 내가 유령이라는 건가요?
당신이 유령이라는 건가요?
하긴 세상에서 가장 웃기는 말은 현실에 충실하자! 니까요
이제 우리에게 시간 말고는
더 이상 남은 이데올로기도 없는데
거실의 불을 끄는 것은 여전히 쉽기도 하겠지요
집으로 돌아가는 것은 여전히 어려운데 말입니다

앨리스의 사생활

권혁웅(시인·문학평론가)

신기한 모험을 떠났던 앨리스는 이상한 나라에서도, 거울 나라에서도 돌아왔다. 우리는 그다음의 일을 알지 못한다. 그저 장삼이사의 삶이 그녀를 기다리고 있었으리라 짐작할 뿐이다. 정상적인 삶으로 돌아와 앨리스는 무엇을 했을까? 환상에서 현실로 귀환했을 때 삶은 모범적이지만 비루하고 정치적으로 올바르지만 심리적으로는 억압되어 있을 터, 황성희의 시는 바로 여기에서 시작된다. 그녀의 시는 세속을 살아가는 앨리스의 사생활(私生活)을 여행기를 기록하던 당시의 앨리스 자신의 문법으로 기록한다. 그런데 사생활은 "사생활(史生活)"이기도 해서,(「질문 사절」) 신변잡사의 기록이 이 땅의 역사이자 민중사이기도 하다. 사실 이상한 나라는 정상인 나라의 문법에서 일탈한 나라지만 그 나라의 문법에서 보면 이 나라의 문법도 이상하기는 마찬가지다. 거울 나라는 이 나라의 역상(逆像)이지만 그 나라에서 비춰 보면 이 나라 사람들도 뒤집혀 있기는 매한 가지다. 황성희는 그 나라의 방식으로 이 나라의 삶을 적는다. 이제 앨리스의 알려지지 않은 생활이 시작된다. 첫 장부터 펼쳐 보자. 이 시집의 화자가 앨리스임을 서시(序詩)가 말해 준다.

일렁이는 수면 위로 밤하늘이 비친다
헤드라이트를 켠 자동차가 다가온다
놀란 그림자들이 몸 밖으로 뛰쳐나간다

물고기 한 마리가 도시락을 들고
종종걸음 칠 때의 풍경이다

집들은 눈을 감은 채 입을 굳게 다물고 있다

아무 질문도 하지 못한 지 수천 년
아무 대답도 듣지 못한 지 수천 년

헤엄을 치는 물고기는 자신이 물고기임을
의심치 않는다

회색의 뻣뻣한 전봇대를 끼고 돈다
교묘한 속임수처럼 전선이 뻗어 있다
수면 위로 어머니가 몸을 수그리신다
담벼락에 바짝 붙어 숨을 죽인다

비늘을 떼어 줄 테니 그만 물 밖으로 나오너라
놀란 물고기는 아가미를 벌렁거린다

아직 한 번도 가 본 적 없는 집은
오늘도 멀기만 한데

물고기는 매일 밤 집으로 돌아가고
시계 속에는 시계 바늘이 없다

　　　　　　　　　　　　　　　—「앨리스네 집」 전문

　수면 아래서 인어가 된 앨리스가 총총히 길을 간다. 수면은 수면(水面)이자 수면(睡眠)이다. 저 물 아래 세상이 꿈의 나라라는 뜻이다. 꿈은 현실의 논리가 통용되지 않는 이상한 나라다. 증거는 많다. 지금이 밤이라는 것,("수면 위로 밤하늘이 비친다": '잠'과 '밤'은 유음 유의어다.) 내가 물고기라는 것,("물고기는 자신이 물고기임을 의심치 않는다": 변신담이 완성되는 시간, 곧 물고기가 사람으로 돌아오는 시간은 꿈에서 깼을 때뿐이다.) 집으로 돌아가고 있지만 돌아갈 수 없다는 것,("아직 한 번도 가 본 적 없는 집": 집은 실제로는 존재하지 않는 가정된 기원(起源)이다. 잠시 후에 보겠지만 그 집의 주인이 '어머니'다.) 시간이 흐르지 않는다는 것.("시계 속에는 시계 바늘이 없다": 꿈의 시간은 본래 중층 결정되어 있어서, 선형적이거나 불가역적이 아니다.) 그녀는 어떻게 이 나라에 왔을까? "하얀 지우개, 점점 가까이 내려오더니 슬금슬금 내 운동화를 지우기 시작한다.// (……) 다리가 밑에서부터 뭉텅뭉텅 지워진다. (……) 심이 갈린 연필이 내려오더니 내 허리 밑으로 비늘 두툼한 인어 꼬리를 그리기 시작한다."(「이 그림이 싫어」) 내가 인어가 된 것은 "돌돌 만 도화지" 속의 그림이었기 때문이다. 한 아이가 내 다리를 지우고, "비늘 두툼한 인어 꼬리를" 그려 넣었다. 나는 한 아이의 꿈이었다.(꿈이 중층 결정되어 있다는 말이 이것이다. 아이는 누구의 꿈이었을까?)

수면 위에서 어머니가 내려다보며 말씀하신다. "그만 물 밖으로 나오너라". 아침이 되자, 잠든 나를 깨우신 거다. 그러니까 수면(水面)은 꿈과 현실, 이상한 나라와 정상인 나라의 접면(接面)이다. 나는 수면 아래서 수면 위를, 이상한 나라에서 정상인 나라를 본다. 그러니까 물고기의 눈으로 어머니를 본다. 황성희의 시에서 어머니가 차지한 이상한 위상은 여기서 기인한다.

거실 벽 가족사진이야말로 코미디의 표본 같은 것

하물며 국사 책의 단군 영정 따위야 말해 무엇 할까

시작에 관한 공공연한 왜곡들
촌스럽기 짝이 없는

모든 눈물은 텔레비전 속에 있고
난 여전히 이름 없는 몸속에 갇혀 있는데
눈 밖으로 내다보이는 이 정원의 분명함

비명들은 한결같이 햇빛 속에 박제된 채
쉴 새 없이 조잘대는 입은 저 하고 싶은 말을 모르고

어머니에 대한 살의마저 없다면 견디기 힘들
이 낙천적 계절
　　　　　　　　　　　　　─「난 스타를 원해」에서

　어머니는 나를 낳았다. 그 사실만으로 어머니는 기원(起
源)에 관한 알레고리가 된다. 기원을 인정한다는 것, 어머
니가 거기에 있음을 인정한다는 것은 "거울 속 늙어 가는
내 얼굴"의 역사성을 인정한다는 말이다. 어머니와 나 사
이의 거리는 멀수록 가까워진다. 어머니에게서 벗어날수록,
내 얼굴이 어머니의 얼굴을 닮아 가기 때문이다. "가족사
진"이나 "단군 영정"이 코미디이자 "시작에 관한 공공연한

왜곡"이라는 말이 그래서 나왔다. "나 지금 여기 있다는 것을/ 이젠 정말 참을 수" 없다는 말과 '내가 단군이나 가족들에서 비롯되었다는 사실을 인정할 수 없어.'라는 말은 정확히 같은 뜻이다.

이상한 나라에서 나는 나이를 먹지 않는다. "시계 속에는 시계 바늘이 없"기 때문이다. 그런데 현실에는 나를 낳은 어머니가 있고, 늙어 가는 어머니가 있으며, 어머니를 닮아 가는 내가 있다. 어머니는 기원이 되면서 기원의 파생물이 되어 간다. 내가 어머니를 닮을수록 어머니는 점점 더 늙은 내가 되어 간다. "어머니에 대한 살의"가 뜻하는 게 이것이다. 기원을 부정해야 늙은 나를 인정하지 않게 된다. 늙은 나에 대한 부정이 늙음 자체에 대한 부정임은 불문가지다. "어머니가 죽었다. 참 잘 죽었다고 해 본다." (「후레자식의 꿈」) 그러자 사람들이 달려들어 나를 때린다. 그래서 나는 말을 고친다. "어머니께서 돌아가셨다." "정말 잘 돌아가셨다." 그러자 사람들이 나를 더 두들겨 팬다. "어머니께서 왜 잘 돌아가셨는지, 왜 돌아가셔야만 하는지 물어본 적도 없으면서, 물어볼 것도 아니면서." 아무리 문장을 고친다 해도, '어머니가 죽었다'거나 '죽을 것이다'라는 사실은 변하지 않는다. 기원은 나를 파생물로 만들면서 사라진다. 존칭과 강조가 그 사실을 가릴 수 없다. 그러니 어머니는 '잘 죽어야 한다.' 어머니가 '못 죽으면' 어쩌란 말인가?

기원은 본래 가정된 것이다. 기점(起點)이란 지금을 설명하기 위해 설정한 임의의 한 점에 지나지 않는다. 기원을 부정할 때, 역사는 숫자에 불과한 것이 된다. 이 시집에 나오는 수많은 숫자는 모두 연도(年度)인데, 거기에 시간의 선후, 인과의 전후 같은 것은 없다. 나는 (시인의 생년임이 분명한)72년이고, "1972년이 나만의 것인 줄 알았지만/ 서부국민학교에는 1972년으로 꽉꽉 채워진 6학년이 일곱 반이나 있었다."(「정말로」) 이제 나의 사생활(私生活)이 사람들의 사생활(史生活)과 겹치고, 역사의 기록이 일상 잡사와 겹친다.

① 영희. 죽었어. 90년에. 불에 타 죽었어. 전화 왔었어. 며칠 전. 민주 광장에서. 거기 영희네 집이죠? 알아듣지 못했어. 알잖아. 영희는 입이 다 탔어. 난 상인동에서 전화받았어. 2000년에. 그런 사람 없어요. 알잖아. 영희는 죽었어. 80년에. 눈을 못 뜨겠어. 이렇게 쓰지 마. 눈에 뭐가 들어갔나 봐. 아무도 못 알아보겠어. 벽에 걸린 세계 전도를 쳐다봐. 안 보여. 아무것도 안 보여. 벽에 걸린 세계를 오래오래 쳐다봐. 난 영희를 몰라요. 그럼 눈물이 나와. 그런 사람 없어요.
　　　　　　　　　　　　──「나와 영희와 옛날이야기의 작가」에서

② 빨래 걸이에 널렸던 80년이 사실은 80년 속의 남편이 45년을 사실은 45년 속의 여자를 곤봉으로 때리기 시작한다. 45년의 온몸이 금세 피멍으로 지저분해진다. 또빨아야하

잖아. 45년 속에서 여자는 킬킬거린다. 이번에는 45년이 과
도를 들고 휘두르기 시작한다. 살가죽이 갈기갈기 째진 80년
속에서 남편이 킬킬거린다.

—「시체 놀이」에서

① 영희는 여러 해를 걸쳐 거듭 죽었다. 90년에 민주 광
장에서 분신했고, 80년에 광주에서 살해당했고, 61년에 거
리에서도, 45년 해방의 와중에서도, 50년의 전쟁에서도,
19년 만세를 부르다가도 죽었다. "알잖아. 아무나 교과서
에 실리는 건 아니야." 영희는 철수와 함께 이 땅의 민중
을 대신하는 환칭이다. 그런데 그녀의 죽음은 사실 "책에
서 보고 외운 게 전부"인 정보에 불과하고, 그녀를 보고 느
끼는 슬픔은 벽에 걸린 지도를 오래 쳐다볼 때(그것도 슬퍼
서가 아니라 눈이 시어서) 찔끔 나오는 눈물에 다 담긴다.
② 45년 속 여자와 80년 속 남편의 피비린내 나는 싸움
도 그렇다. 해방은 피를 대가로 치러야 했지만, 그 희생은
광주에서 다시 반복되었다. 우리는 거듭 죽고 거듭 살아나
야 했는데, 이런 고통은 희화화된, 책 속의, 외워서만 제 것
으로 삼을 수 있는 고통에 지나지 않았다. "이제 모든 것
을 기억하는 사실은 외우는 여자는 1972년 자신이 기억하
는 모든 역사가 자신이 외운 모든 공책이라는 것만 기억하
지 못한다."(「아무것도 기억하지 못하는 여자」) 사적(私的)인
기억과 사적(史的)인 기억 사이에 단층이 있었다는 뜻이다.

아무것도 기억하지 못하는 여자는 "자신이 시간의 벌집 속을 이미 스쳐 간 한 줌 바람이라는 것만 기억하지 사실은 외우지 못한다." 무언가 들쑤셔진 게 있었으나, 그것의 본질은 한 줌 미풍일 뿐이었다. 개인의 미시사는 역사에 기입될 페이지를 얻지 못했다. 그러나 역사의 바람이 아니라 그 바람에 풍화되어 가는 개인에 초점을 맞추어야 한다. "지금 중계되는 현충일 기념식보다도 더 생생한 사실이란 걸, 탤런트 C의 얼굴 변천사 말이다."(「탤런트 C의 얼굴 변천사」) 중요한 것은 성형수술 한 "탤런트 C"의 깎인 턱이지, 광복절과 현충일의 주년(周年)이 아니다. 전자가 실체라면 후자는 단위이고, 전자가 구체라면 후자는 추상이다. 개인에게 허락된 "칼날 같은 역사적 순간"이란, "변기 위에 앉아"서 힘을 주는, 바로 그 실존의 시간이다.(「화성에 있다는 물의 흔적에 관한 소문」)

안타깝게도 탤런트 C는, 영희는, 그리고 나는 저 역사의 시간에 불려 가고 말 것이다. 정체성의 문제가 불거지는 게 이 지점이다.

나, 정말 저 개나리 중 아무 개나리야?
김개나리도 아니고 박개나리도 아니고
누가 꺾어 가도 상관없고 언제 시들어도 상관없는
나, 정말 저 개나리 중 아무 개나리야?

—「정말로」에서

개나리에 빗대어진다면 나는 그냥 "아무 개나리"다. 사람으로서 내가 그냥 '아무개'란 소리다. 이런 익명성, 군집성에 대한 발견은 낯익은 것이지만, 그 결과까지 낯익은 것은 아니다. 가령, 다음과 같은 변신담이 그렇다.

모 목장에서 양B로 오인받아 도살당하는 양A

양B요! 배달된 양A를 보고

양B가왔군 판매하는 식육점 주인

양B로 알고 구매한 양A를 양B처럼 조리하는 요리사

양A의 요리를 양B의 가격을 주고 먹는 손님

굶주린 늑대가 얼룩말 떼를 습격할 때

같은 무리 발에 걸려 넘어지는 얼룩말

집었던 콜라를 놓고 우유를 살 때 그 콜라

어느 밤 트럭에 치여 즉사한 고양이

어느 아침까지 계속 치이고 있는 고양이

어느 새벽 청소부가 삽으로 긁어내고 있는 고양이

차창 밖으로 마주친 오줌 누던 개의 눈동자

덜컹덜컹 시간 속으로 멀어지던 눈동자

공터에 버려진 채 비를 맞는 소파

오며 가며 아이들이 칼자국 내고

시청 다니는 늙은 자식이 오줌도 깔기는 소파

버스 맨 뒷자리 아무렇게나 펼쳐진 신문

청소하는 아주머니가 되는대로 둘둘 말아 쥐고

바퀴벌레를 향해 내리치는 신문

그 신문에 인쇄된 바퀴벌레의 터진 비명

　　　　　　　　　　　　—「개나리들의 장래 희망」 전문

　이 끝없는 전변이 개나리들의 "장래 희망"일 리는 없다. 오인받았거나 배신당했거나 버림받았거나 횡사했거나 더럽거나 더럽혀지거나 오용되거나 간에, 이것들 모두는 이름을 잃었다. 이것들은 그 다수성으로서만 특징지어지는 개나리들의 변용태다. 아무리 바깥으로 나가려 해도, "아무리 문을 열고 나가도 나갈 수 없는 밖이" 있는 것(「밖에 관한 상상」)이다. 중요한 것은 그것들의 구체적인 양태, 그것들의 개별적인 세목들이다. "양A"는 잘못 도살되고 판매되고 조리되고 먹혔다. 양은 오인의 유통 과정에 휩쓸려 들었다. 그런데 그것이 바로 이상한 나라의 문법 아닌가? 정상이 아닌 회로에 들면서, "양A"는 개나리와 한 식구가 되었다. "얼룩말"은 "같은 무리 발에 걸려" 넘어졌다. 피식자와 포식자의 관계는 여전히 완강하지만 "얼룩말"은 포식자의 피식자가 아니라 피식자의 피식자가 되었으니, 뒤집힌 거울 속에 들었다. "콜라"는 선택되었다가 버림받았으니 두 번 버림받았고, "고양이"는 "트럭에 치여 즉사"하고서도 아침까지 거듭 치였다. 인과가 종결되지 않았으므로 둘의 시간은 중층 결정된다. "오줌 누던 개의 눈동자"는 아무것도 보지 않았을 터인데, 차 안의 나도 그 개를 보려고 본 것은 아닐

터이므로 둘은 마주 보는 외면(外面)이다. 버려진 "소파"는 사람들 대신에 비와 칼자국과 오줌을 제 몸에 앉혔으니 소파의 소임을 다했고, 버려진 "신문"은 거기에 쓰인 활자 대신에 둘둘 말린 몽둥이로써 제 소임을 다했다. 전변의 과정에서, 저 익명의 개나리들은 정상이 아닌 방식으로, 그러니까 이상한 나라의 구성원으로 여전히 거기에 산다.

중요한 것은 이것이다. 탤런트 C는, 영희는, 그리고 나는 — 혹은 개나리들, "청송 꿀사과들"(「꿀사과들에게 고함」)은 역사의 성원으로서 기록되지 않을 것이지만,(그것이 정상이다.) 저 나름의 방식으로 삶을 살아갈 것이다.(그것은 이상하다.) 이상한 나라의 문법이란, 거대 담론의 기술법이 아니라 이런 미시 담론의 기술법이다. 우리는 잊혀짐으로써 살아가고 지워짐으로써 정체성을 획득한다. 그러니 "연대기에 이름 하나 없다고" 놀릴 일이 아니다. "비역사적 이유로 농약에 취한"(「나는야 전성시대」) 한 농부의 죽음에도 할당된, 할당되어야 할 시간과 자리는 있는 것이다.

개인을 배제한 채 성립하는 저 역사, 모범적이거나 정치적으로 올바른 저 삶을 이제 우리는 이데올로기라 불러도 좋겠다. 아래의 두 시를 잇대어 읽어 보자.

① 아버지는 삼 년 전에 돌아가실 겁니다
언니는 형부 몰래 어머니를 유산했고요
동생은 살아 있는 미라랍니다

오빠는 가정부의 항문을 아이스크림처럼 핥고요

나는 남편의 머리 가죽 속에 솜을 넣고 베개를 만들죠

사실 오늘은 아무 날도 아니지만요

사실 오늘은 어떤 날도 되겠지만요

—「거짓말」에서

② 모든 것이 완벽하다.

동생보다 낮은 가격에 물소 가죽 소파를 구입했고 모른다고 하기 싫어 말하지 않았더니 옆집 여자가 먼저 사과했다. 틀니를 해 드리고 난 뒤 어머님과는 사이가 좋아져 아끼는 시골집을 내주겠다며 전화를 하셨고 아버지는 종친회 회장으로 취임한 뒤 담배를 끊었다. 남편은 퇴근하기 무섭게 집으로 돌아오고 이틀에 한 번은 오늘 안 하고 싶어? 엉덩이를 슬슬 쓰다듬어 준다.

—「언제나 만우절 고마운」에서

①에서 벌어진 사건은 다 거짓말이다. 시제와 인칭과 관계와 윤리가 모두 착란이다. 이상한 가족사다. ②에서 일어난 사건은 다 완벽하다. 경제와 윤리와 건강과 성(性)이 모두 있어야 할 곳에 있다. 정상인 가족사다. 그런데 ①이 거짓말이라면, ②도 거짓말이다. 1년 365일이 만우절이기 때문이다. 둘이 같은 날이라는 것은 분명하다. 오늘은 "아무

날도" 아니므로, "어떤 날도" 될 수 있는 날인 것이다. 하나
가 하나의 거울상이라면, 어떤 게 정상이고 어떤 게 이상
한지를 판별할 수 있을까? 정상이라고 가르치는 저 단란한
가족들 속에 들끓는 어긋남이 사실일까? 아니면 왜곡된
가족들을 감싼 저 단란한 포장이 사실일까? "무서운 건 온
가족 모두 모인 거실이지/ 가족은 없고 활활 타는 시간만
옹기종기 모인 거실".(「전설의 고향」) 저 거실은 스위트 홈의
표상이지만, 거기에 진짜 가족은 없다. 형식적인 관계가 지
배하는 거실에는 그저 무료한 시간만 흐를 뿐이다.

두 시간, 두 풍경은 서로가 서로를 감싼다. 하나가 다
른 하나를 포장하고 왜곡하고 은닉한다. 이 때문에 이 시
집의 많은 시들이 겹 구조를 지니게 되었다. 정상(正常)과
이상(異常)이 양파처럼 서로를 감싸고 있는 셈이다.

> 나는 지금 백 년 전의 도로를 드라이브하고 있어요
> 조수석에서는 어머니가 가랑이를 벌린 채
> 나를 낳고 있어요
> 대가리를 빳빳하게 쳐든 조수석의 내가
> 운전석의 나를 빤히 쳐다보아요
> 별들이 마른 비명을 내지르며 길 위로 떨어져요
>
> 나는 지금 천 년 전의 도로를 드라이브하고 있어요
> 어머니는 이제 벌린 가랑이 사이로

할머니를 낳고 있어요
뒷좌석에 내던져진 나는 벌써
나보다 네 살이나 더 먹고는
이젠 자기가 운전을 하겠다고 우겨요

나는 몇천 년 전부터 부른 배를 액셀 대신 꾹꾹 밟아요
어머니는 씹던 껌으로 탕탕 풍선을 불어요
달력은 오늘을 노래하죠
하지만 난 속지 않고 굳세게 거짓말 쳐요
어머니는 이제 어머니를 낳고 있어요
　　　　　　　　　―「세상에서 가장 오래된 돌림노래」에서

　저 도로는 시간의 도로다. 나는 "백 년 전의 도로를" "천
년 전의 도로를" 나아가 "몇천 년 전"의 도로를 달린다. 어
머니가 옆에서, 나와 할머니와 어머니 자신을 낳고 있다. 그
러므로 저 도로는 산도(産道)이기도 하다. 생산의 길이 할
머니와 어머니와 내게 마련된 운명이라는 얘기다. 이 땅의
모든 여자는 산도 위에서 낳고 낳고 또 낳았다. 그런데도
"달력은 겨우 오늘을 노래하죠". 시간이 생산하는 바로 그
순간 위에 겹쳐 있었기 때문이다. 이 노래가 "돌림노래"인
것도 동일한 이유에서다. 낳고 낳고 또 낳을 때의 비명이
바로 이 노래다. 생산의 노래이므로 이 노래는 노동요이기
도 하고, 이 땅의 여자들에게 부과된 운명에 대한 노래이

므로 이 노래는 참요이기도 하다. 도로 위의 이 출산은 기이한 탄생이 아니다. 이 시대 여성의 운명을 구현하고 있다는 점에서 이 출산은 이상한 나라의 사건이 아닌 것이다. 시는 이렇게 끝난다.

> 역사는 제발 비명을 지르지 말라고 하세요
> 어머니가 더 이상 어머니와
> 바람이나 못 피우게 하라고 하세요
> 이 사타구니의 끝이 저 사타구니의 시작이나
> 안 되게 하라고 하세요
>
> 이 거짓말 같은 드라이브가 내 거짓말보다
> 먼저 멈추기를 바란다면
>
> ─「세상에서 가장 오래된 돌림노래」에서

어머니들의 출산이 역사를 낳았다. 산고의 비명이 바로 역사의 비명이었다. 이로써 (가정된)기원이 (실제의)기원의 자리에 등재되었다. 다시 말해 어머니는 어머니와 바람을 피웠다. 이 사타구니의 역사를 끝내기 위해서는 앨리스에게 발언권을 주어야 한다. 사타구니로 존재를 보장받는 구멍 일반의 역사를 끝내자면 말이다. "거짓말 같은 드라이브"를 끝내기 위해서는 "내 거짓말"을 제출해야 한다. 거짓말은 참말을 드러내기 위한 이상한 나라의 발화다. 그것은 정상인 나라의 문법이 아니지만, 그로써(그리고 오직 그로써만) 정상적인 표면이 숨기고 있는 진정한 관계를 폭로하는 이상한 문법이다. 그것은 이상해 보이지만, 실상은 그 이상함 속에서만 온전한 제 모습을 드러낸다. "내 시를 읽으려면 난해하게 춤추는 법부터 배워야 할걸."(「분홍 신의 고백」) 황성희의 시를 통해서, 우리는 이상한 나라의 언어로 정상인 나라의 삶을 드러내는 앨리스의 사생활을 알게 되었다.

황성희

1972년 경북 안동에서 태어났다.
서울예대 문창과를 졸업하고 2005년 《현대문학》으로 등단했다.

앨리스네 집

1판 1쇄 펴냄 2008년 11월 11일
1판 3쇄 펴냄 2025년 3월 31일

지은이 · 황성희
발행인 · 박근섭, 박상준
펴낸곳 · (주)민음사

출판 등록 1966. 5. 19. 제16-490호
서울특별시 강남구 도산대로1길 62(신사동)
강남출판문화센터 5층 (우편번호 06027)
대표전화 02-515-2000 / 팩시밀리 02-515-2007
www.minumsa.com